はなの味ごよみ

花笑み結び

高田在子

角川文庫
22966

目次

第一話　福良の誓い

店の暖簾《のれん》はしまわれていた。

はなは怪訝《けげん》に思い、眉根《まゆね》を寄せる。

いつもであれば、まだ客が飲み食いをしているはずの刻限だ。

「まさか、おせいさんの具合が悪くて、店を閉めているんですか——？」

しかし、腰高障子の向こうには行燈《あんどん》の明りが灯《とも》っている。店内に誰かいるのは間違いなかった。

戸口に立った弥一郎《やいちろう》が、ちらりとはなを振り返る。

「先月おせいが倒れたこともあり、おまえが駒場《こまば》へ立ったあと、喜楽屋《きらくや》は早く店じまいをするようになったのだ。根岸《ねぎし》の隠居が、おせいの身をひどく案じてな。連日、冬馬《とうま》に店を手伝わせておる」

弥一郎が腰高障子を引き開けた。

「すみません、本日はもう店じまいをしておりまして――」

奥から出てきた冬馬が「あれっ」と声を上げながら、弥一郎の顔をじっと見た。

「岡田《おかだ》さま、今頃どうなさったのでございますか」

と言いながら、弥一郎の後ろに立つはなに目を移して、冬馬は息を呑《の》んだ。

しばし無言ではなを凝視したのち、冬馬はすべてを察したような表情になった。

「ご隠居を呼んできます」

前掛をしたまま、冬馬は通りへ飛び出していく。

「この近くにある友人宅へ身を寄せているらしい」

弥一郎が敷居をまたいだ。促され、はなもあとに続く。

行燈の明りに照らされた店内を見回せば、懐かしさが胸に込み上げてくる。何年かぶりに故郷へ帰ってきたような心地だ。

客席はすでに片づけられている。調理場の掃除も終わっているようだ。

「冬馬さん、そろそろご隠居のところへ――」

二階から下りてきたおせいが、土間に立っているはなを見て、大きく目を見開いた。

「はなちゃん――」

慌てた様子で駆け下りてくる。

「どうして？　いったい何があったの!?」

弥一郎が片手を上げて、詰め寄ろうとするおせいを制した。

「話は、根岸の隠居が来てからだ。今、冬馬が呼びに走っておる」

おせいは眉尻《まゆじり》を下げて通りを見やった。ふうっと息をついてから、気を取り直したように口角を引き上げる。

「お茶を淹《い》れますから、小上がりへどうぞ」

弥一郎がうなずいて、店の奥へ向かった。

おせいは調理場に入り、茶の支度を始める。

「早く来い」

弥一郎に急《せ》かされて、はなはうつむきながら戸を閉めると、小上がりに腰を下ろした。

おせいが茶を運んでくる。

湯気の立ち昇る湯呑茶碗《ゆのみぢゃわん》が目の前に置かれた。

ごくりと唾《つば》を飲んで、はなは膝《ひざ》の上に置いた拳《こぶし》を握り固める。口の中は乾いているが、茶に手を伸ばす気にはなれない。

客のいない店内は、しんと静まり返っている。

おせいが小上がりのふちに腰かけて床に目を落とした。根岸のご隠居が来るまで口を開く気はないのか、話しかけてくる気配はない。

弥一郎も黙って茶を飲んでいる。

沈黙に押し潰《つぶ》されそうになった。

はなは行燈に目を移す。

ちらちらと火明りが揺れていた。まるで人の不安をかき立てる妖魔《ようま》が炎となって、ぴんと張られた紙の向こうでうごめいているかのようだ。

はなは唇を嚙《か》んだ。

やはり戻ってきてはいけなかったのか――。

おせいの体調についても聞きたいのだが、今は気軽に声をかけられるような雰囲気ではない。一階と二階を行き来して、茶を淹れてくれたぐらいだから、大丈夫だとは思うが――「お体の加減はいかがですか?」とすら言い出せない自分が情けない。

鼻の奥が、つんと痛くなった。このままでは涙がにじみ出てきてしまうと思った時、通りから「えっほ、えっほ」と声がした。

表から戸が勢いよく引き開けられる。

根岸のご隠居こと堺屋忠兵衛《さかいやちゅうべえ》が顔を出した。小上がりの真ん中で身を硬くするはなを見て、困ったように目を細める。

まっすぐ小上がりへ向かってくると、ご隠居は「よいしょ」と声を上げながら草履を脱いで、はなの前に座った。ご隠居の草履を素早くそろえた冬馬は土間の床几《しょうぎ》に控える。

おせいが新しい茶を運んできて、ご隠居の隣に並んだ。弥一郎は少し離れて胡坐《あぐら》をかき、はなとご隠居をななめに見やっている。

ご隠居は茶をひと口飲んでから、静かな眼差《まなざ》しをはなに向けた。

「それで？」

穏やかな声で促され、はなは口を開いた。もつれそうになる舌を胸の内で叱咤《しった》しながら、声をしぼり出すように、駒場での暮らしを語り始める。

伊澤《いざわ》家の人々の温かさに励まされながら、武家に馴染《なじ》もうとした日々——懸命に学び、武家の女になれるよう作法を身につけつつはあったけれど、どうしても武家では生きられぬと思い知ってしまった心境――。

繕うことなく、ありのままをすべて吐き出した。

「良太《りょうた》さんへの強い想いがあれば、きっと大丈夫だと思っていました。絶対に、やりきってみせるつもりだったんです。武家の女として生まれ変わる未来を、ずっと信じていました。だけど、あたしは――」

　はなは膝の上で両手を握り合わせた。

「常に敵襲に備えておかねばならぬとはいえ、人を傷つけることを考えながら、廊下に飾る植物を選ぶのが嫌だったんです」

伊澤家では、もし敵に侵入された時、薙刀《なぎなた》が手元になければ、廊下に飾ってある花も使えと教えられた。壁にかけられた竹筒の水や生けた花の枝で敵の目を狙うのだ。

いざという時に身を守る武器として使えるよう、廊下に生ける植物は硬い枝物でなければならない。どんなに美しい花を咲かせていようと、なよやかな草花では許されぬのだ。

「花を飾るなら、あたしは、人の目をなごませて心を癒《いや》す草花がいい――そう思ってしまったんです」

おせいが「そんな」と声を上げ、弥一郎を見る。

「どうしても草花じゃ駄目なんですか？」

「駄目だな」

弥一郎は即答する。

「密命と縁のない家であれば許されるであろう。だが駒場では――結城《ゆうき》家では許されぬ。役に立たぬ草花を飾りたければ、寝室にでも生けておくことだ」

おせいは食い下がった。

「お客さまをもてなすために花を生けることもございますでしょう？」

「その客が、裏切り者であればどうする」

弥一郎は冷ややかに目を細めた。

「密命の内容を聞き出すため、親しげに笑いながら刃《やいば》を向けてくるやもしれぬぞ」

おせいは眉根《まゆね》を寄せて口をつぐんだ。

「はなが嫁ごうとしていたのは、そういう家だ」

弥一郎は、はなに目を移した。

「やっと身に染みたか」

はなは唇を引き結んで、弥一郎の強い眼差しを受け止めた。

「おまえは川の中を自在に泳ぎ回る魚のようなものだ。武家の水では生きられぬ」

以前にも、同じことを言われた。

――おまえは武家の女にはなれぬ――無理なものは無理なのだ――。

はなは口角を引き上げて、弥一郎の目をじっと見つめ続ける。

「だけど駒場へ行ったことを悔いたりはしません」

はなは膝の上で握り合わせた両手に、ぐっと力を込めた。

「とことんやって、本当にもう駄目だと思い知らなければ、踏ん切りなんてつけられませんでした」

はなは歯を食い縛って、泣かぬよう努めた。一度涙が溢《あふ》れてしまえば、そのまま声を上げて泣き崩れてしまう気がした。

おせいの大きなため息が、ふうっと小上がりに落ちた。顔を向ければ、おせいは険しい表情で床の一点をじっと見つめている。

「はなちゃんは、これからどうするの？　……喜楽屋へ戻ってもらうことはできないわ」

おせいの低い声が小上がりに響いた。

「あれだけ盛大に送り出してもらった手前もあるしねえ」

きゅっと唇を引きしめて、おせいは顎《あご》を引いた。

「どれだけ懇意にしてもらっていても、やっぱり、あの人たちは身内じゃないのよ。店のお客さんなの。『あれはいったい何だったんだ』と思われてしまうような、都合のいい真似はできないわ」

ちらりと隣を見て、おせいは頭を下げる。

「ご隠居にも申し訳が立ちません。店を貸し切りにして、大盤振る舞いしてくださったのに――」

「わしのことは気にするな」

ご隠居が笑いながら、おせいをさえぎった。

「はなちゃんの幸せだけを考えよう」

ご隠居は笑みを引っ込めて、はなを見すえた。

「だが、本当に後悔しないかね？　今なら、まだ駒場に戻れるぞ。里心がついてしまったと言ってもいいし、おせいの身が心配でたまらなくなったと言ってもいい。戻るのであれば、わしが何とでも取り繕ってやる」

ご隠居は「鷺《さぎ》を烏と言いくるめることなど造作もない」と言わんばかりの目をしていた。

はなはとっさに首を横に振る。

「取り繕うことができないから、あたしは駒場を出たんです。偽りの中で生きることはできません」

ご隠居は顎に手を当て唸《うな》った。

「しかし——」

「喜楽屋には、もう戻れないと最初から思っていました」

はなは口角を引き上げて、静かに微笑んだ。

「もちろん、みなさんの手前もありますけど——新しい奉公人が、とっくに入っているんじゃないかと思っていたんです」

はなは懸命に笑みを保ち続け、内心が表情に出ないよう努めた。

本当は期待していた。おせいが優しく笑いながら「はなちゃん、喜楽屋へ戻っていらっしゃい」と言ってくれるんじゃないかと思っていた。

神田《かんだ》へ戻る道すがら、もう自分の居場所などなくなってしまっているのではないかという不安におののいていたが、心のどこかで、きっと受け入れてもらえるはずだと信じていた。

はなは歯を食い縛って微笑みながら、自分の甘さを噛《か》みしめた。

落胆するなど、おこがましい。「きっと、いつか、また会える」と言いながらも、今生の別れだと思ったからこそ、みな快く盛大に送り出してくれたのだ。こんなに早く飛び出してきたと知れば、驚きを通り越して、詐欺に遭ったかのような心地に陥ってしまうかもしれない。

はなの作り笑いが、自嘲《じちょう》の笑みに変わる。

あっさり喜楽屋に戻れるだなんて考えは、やはり都合がよ過ぎた。

「どこか、別の場所を探します」

残念な気持ちを押し殺して、はなは明るく言いきった。

「あたしは、これからも料理に関わる仕事をしていきたいんです。美味《おい》しい物を食べて、お客さんが笑顔になるところを見たい」

喜んで、楽しく食事ができる場所である、喜楽屋のような店で働きたいのだ。

ご隠居は腕組みをして目を細めた。

「美味《うま》い物を食べて笑顔になる客が見たい——か。武家に入ったら叶《かな》わぬ生き方だな」

「はい」

はなは即答した。

「いったん武家に入ったからこそ、自分のやりたいことが改めてよくわかりました。奥向きを守り、夫を支える生き方も、大事だとは思います。けれど、あたしは、いろんなお客さんに料理を出して、店の中で笑い合いたい」

はなは身を乗り出して、ご隠居の目を真正面から見た。

「小さな料理屋でいいんです。そこで自分にできることを精一杯やりたいんです。鎌倉《かまくら》の村へも帰りません」

ご隠居は腕組みをしたまま瞑目《めいもく》して、長い唸り声を上げた。

呼応するように、どこからか犬の遠吠《とおぼ》えが聞こえてくる。それに釣られて、別の犬が吠《ほ》え出す。二匹の犬の鳴き声が夜の町に響き渡った。

ご隠居は大きく息をついて目を開けた。

「はなちゃんの気持ちはわかった」

良案を探すように、ご隠居は表戸へ顔を向ける。酔いどれて帰路に就く者たちの声もしない。

「いつの間にか、すっかり更けたようだ」

土間の床几《しょうぎ》に控えていた冬馬が立ち上がり、そっと戸を引き開けた。

「人通りも絶えております」

冬馬は気遣わしげな目をご隠居に向ける。

「そろそろお休みになりませんと、ご老体にはこたえるのでは――」

「まったくもって大丈夫だわい」

ふんと鼻息を荒くしてから、ご隠居は肩を落とした。

「いや、やはり少し疲れたな。わしも年には勝てん」

ご隠居は苦笑しながら、おせいを見た。

「続きはまた明日にして、ひとまず引き上げるとしよう。今日は、はなちゃんを泊めてやっておくれ。しばらくの間の落ち着き先は、明日また来るまでに考えておくから」

おせいが申し訳なさそうに頭を下げる。

「よろしくお願いいたします」

ご隠居はうなずいて、はなに目を移した。

「今夜は、ゆっくり休みなさい。将来を考えるのは、明日からだ」

はなは居住まいを正した。

「このたびは、とんだご迷惑を――」

床に手をついたはなの両肩を、ご隠居がぽんぽんと軽く叩《たた》いた。深々と下げようとしていた頭を上げて、ご隠居の顔を見れば、優しく目尻《めじり》を下げている。

「あまり思い詰めてはいかんよ」

ご隠居は余裕のある笑みで、はなを見つめた。

「なぁに、大丈夫だよ。たいしたことではないとは言わんが、わしも年を取る中で、いろんな出来事に遭遇してきた。商売相手に裏切られたり、知人が首を括《くく》ったり、刀を抜いた侍を相手に啖呵《たんか》を切ったりな。度重なる火事や、押し込みで、友人を亡くしたりもした」

過去を嚙みしめるように、ご隠居は口をゆがめた。

「今回の件で、命まで取られることはあるまい。ちょいと心を痛める者が出るだけだ」

はなの胸に、ご隠居の言葉が鋭く突き刺さった。

――ちょいと心を痛める者が出る――。

自分がつらいのは仕方ない。自業自得だ。しかし、はなのせいで傷つく者がいるのだという事実を、改めて胸に刻み込んだ。

二人の未来を信じているはずの良太――はなを受け入れてくれた伊澤家の人々

——おせいに、ご隠居——喜楽屋の客たち——。

みんなを振り回してしまった。

はなの目の端に、腕組みをしている弥一郎の姿がちらりと見える。

——おまえは武家の女にはなれぬ——。

かつて弥一郎に言われた言葉が、頭の中に再びよみがえる。

——無理なものは無理なのだ——。

はなは目を伏せた。

弥一郎には、最初からすべて見えていたのだ。だから、あれほど強く止められたのだ。

駒場へ行ったことを悔いたりはしないと先ほど言い切ったが、はなの言動に、弥一郎はどれだけいらついていたことだろう——。

駒場で飲んだ、たんぽぽ茶の温《ぬく》もりが、まだ胸に残っているような心地になった。

ご隠居が立ち上がる。

「では、おやすみ」

はなの肩をもう一度優しく叩いてから、草履を履いて土間に下りていく。

冬馬が戸を引き開けた。ご隠居はまっすぐ戸口へ向かう。見送りのため、おせいがあとを追った。

　はなも続こうとしたが、振り返ったおせいに手で止められた。躊躇《ちゅうちょ》している間に、今度は弥一郎が立ち上がる。

「早まった真似はするな。根岸の隠居に従え」

　振り返らずに言い捨てて、去っていく。

　弥一郎の後ろ姿をぼんやりと見つめながら、はなは小上がりに座り込んでいた。体から力が抜けていく。

　もう取り返しのつかない、とんでもないことをしでかしてしまったのではないかという恐れが、むくむくと湧き上がってきた。神田へ辿《たど》り着いた時の安堵感《あんどかん》など、あっという間に覆いつくされ、握り潰《つぶ》されていく。

　だが、やはり生き方は変えられないのだ。はなにとっては、他に道がなかった。見送りから戻ってきたおせいが小上がりの湯呑茶碗《ゆのみぢゃわん》を片づけ始める。

「あ――あたしが――」

　腰を浮かせたはなに、おせいは首を横に振る。

「いいのよ。座っていなさい。それより、夕飯は食べた？」

　はなは帯に手を当てて黙り込む。

朝に食事をしたきり、飲まず食わずで駒場から神田まで歩いてきた。八《や》ツ小路《こうじ》で夜蕎麦《そば》売りを見た時には腹も鳴ったが、筋違橋《すじかいばし》の上で弥一郎に会ってからは空腹などすっかり忘れていた。

おせいが小さなため息をつく。

「やっぱり、食べるどころじゃなかったわよね」

おせいは調理場に入ると、何やら支度を始めた。はなは慌てて立ち上がる。

「あたし、何もいりません。ひと晩泊めていただけるだけで、ありがたいんですから、どうぞお構いなく――」

おせいは首を横に振りながら、手を動かし続けた。

「だって、いつからろくに食べてないの？」

責めるような口調に、はなは戸惑う。

「痩《や》せの大食いだから、もともと細かったけど――はなちゃん、さらに細くなったわよ」

おせいは折敷《おしき》の上にどんぶりを載せて運んできた。

「残り物だけど、どうぞ。食べる気分じゃなくても、何か少し口に入れておいたほうがいいわ。夜中にお腹が空《す》いて眠れなくなったら、たっぷり休めないでしょう」

どんぶりの中には、湯漬けが入っていた。残った冷や飯に花鰹《はながつお》と梅干を載せ、湯をかけた物だ。

よそわれている白飯は、いつも賄で食べていた量よりも、だいぶ少ない。はなの今の状況をおもんぱかってよそった量だと思われた。

どんぶりの横には、小さな器が置かれている。烏賊《いか》の煮物が入っていた。

「脹《ふく》ら煮よ。ふっくら煮るから『脹ら煮』というんですって」

はなの胸が、どきりと跳ね上がる。

良太とともに駒場へ向かう途中、渋谷宮益町《しぶやみやますちょう》の富士見坂《ふじみざか》で見た、脹ら雀を思い出した。

脹ら雀とは、冬の寒さに全身の羽毛を脹らませて、ふっくらと見える雀の呼び名だ。「福良」という字を当てられることもある。

そのため縁起がよいと感じて、脹ら雀が屋根に止まっていた茶屋へ入った。

茶屋で蛍飯を食べ、一緒に暮らせるようになったら夜に蛍を見にいこうと、良太と約束したのに——。

蛍の約束だけではない。竹灯籠《たけどうろう》の約束も、味噌《みそ》けんちん汁の約束も、もう二度と叶《かな》わない。はなが約束をすべて破ってしまった。

腸ら煮の器を手にして、はなは目を閉じた。

まぶたの裏が、じんじんと痛む。涙が溢《あふ》れてきそうだ。

良太と一緒にいた時は幸せに感じていた「福良」の当て字が、今はこの上なくつらい。胸が張り裂けそうだ。

はなは歯を食い縛って、嗚《お》咽《えつ》を嚙《か》み殺した。

泣くな。

自分が決めた道だ。

絶対に泣くな。

気をまぎらわせるように、はなは烏賊を口に入れた。

こくのある醬油《しょうゆ》の味が、烏賊の旨《うま》みとともに舌の上に載る。嚙めば、烏賊の旨みが口の中に広がった。ふっくらとした歯触りが心地よい。

烏賊の甘みに絡みついているのは、酒と醬油とみりんか。こくの深い味わいの中には、烏賊の腸《わた》も含まれているようだ。

腸ら煮の美味《うま》さが胸に染みる。

はなの目から涙がこぼれ落ちた。

腸ら煮は、福良煮——幸せな時であれば、最良の福が訪れると信じて、無邪気に喜べたであろうに――。

はなは脹ら煮の器をぎゅっと強く握りしめた。

つかみ取ろうとしていた幸せを、自らの手で壊してしまった。

屈託のない良太の笑顔が頭に浮かぶ。

二人で寄り添い、ともに味噌けんちん汁を作って食べたあの日には、もう二度と戻れない。

はなの胸の中にいつも灯《とも》っていた竹灯籠の火明りが、今、音もなく消えた。

さようなら――。

声にならない言葉が、胸の中にこだまする。

はなは福良煮を嚙みしめた。

深い醤油の味と烏賊の甘みが口の中に切なく広がる。

「脹ら」に「福良」という字を当てれば、今はとめどなく悲しい。

だが、美味い。

張り裂けそうな胸の痛みを抱えながらも、体の芯《しん》から湧き起こってくる歓喜に似た高ぶりを感じる。

食べ物が体に与える力強さ――美味さが心に与える快感――作り手の真心ととも

に生み出された料理が、この命の炎を輝かせ、揺らしている——そう思った。

はなは福良煮を飲み込むと、口角を引き上げて、おせいを見た。

「とても美味《おい》しいです」

おせいが優しく目を細めてうなずく。

はなは湯漬けを頬張った。梅干のすっぱさに、花鰹が絡みついて、白飯の甘みにそっと寄り添う。

もうひと口、烏賊を食べて、はなは目を閉じた。

食べることは、生きること——美味い物を食べることは、幸せに繋《つな》がるのだ——改めて、そう実感した。

やはり料理は素晴らしい。

武士だろうが、町人だろうが、美味い物は美味いと感じる。料理を味わう心に線引きなどできるだろうか。

否。

味は身分を超えるのだ。

だから人目を忍んで屋台へ通う武士がいる。奮発して料亭へ足を運ぶ町人がいる。

美味い物を食べたいという欲求は、命の喜びに強く結びついているのではあるまいか。

町はずれの小さな店でいい。店の料理を楽しみに通ってくれる人がいるならば、心をつくした精一杯の料理を客のもとへ運びたい。

食べた人を幸せにするような料理を、この手で出すのだ――。

空にした福良煮の器をじっと見つめて、はなは両手の拳《こぶし》を握り固めた。

二階へ上がり、奥の六畳間に入ると、おせいが灯してくれた行燈《あんどん》の火明りが小さく揺れていた。

はなは感慨深く辺りを見回す。かつて自室としていた部屋だ。長い月日が過ぎたわけでもないのに、たまらなく懐かしさが込み上げてきた。

通りに面した窓へ顔を向ければ。そっと雨戸を叩《たた》く音が聞こえてきそうな気になる。七夕前夜、この部屋に忍んできた良太の姿がよみがえった。

はなは目を閉じて頭《かぶり》を振った。

良太とは、もう終わりなのだ。早く忘れなければならない。

いや――はなは首を横に振った。

忘れることはないだろう。

　なりふり構わず必死で追い求めた男なのだ。きっと死ぬまで、良太の面影は胸の中に残る。

　だが、それでも、自ら別れを決めてしまったのだ。胸が痛み続けるのは仕方ない。弾正《だんじょう》のかつての想い人、るいの顔が頭に浮かんだ。いつか、るいのように、昔の別離をよき思い出として振り返ることができるだろうか——。

　おせいに借りた寝巻に着替え、布団を敷く。

　行燈の火を消して横になるが、眠れない。体は疲れているのに、目が冴《さ》えてしまっている。

　黙ったまま布団の上に仰向《あおむ》けになっていると、まるで宙にぷかりと浮いた根無し草にでもなった気分だ。

　ご隠居が「しばらくの間の落ち着き先は、明日また来るまでに考えておくから」と言ってくれたが、この先いったいどうなるのだろうという漠然とした不安がはなを包み込む。

　ご隠居に甘え過ぎず、生きていく手立てを考えねば——一日も早く勤め先を探そうと、はなは強く思った。

しかし料理に関わる仕事がしたいといっても、料理の修業をしたことがなく、そう若くもないはなを雇ってくれる店が、どこかにあるだろうか。

女中に色を売らせるような、いかがわしい店はごめんだ。

純粋に、客のために料理を作って出す店でなければ駄目だ——そう、喜楽屋のような——。

暗闇の中、はなは両手で顔を覆った。

喜楽屋に未練を持ってはならぬと、自分に言い聞かせる。

良太も、喜楽屋も、すべて失ったところから、やり直すのだ。

まだ見ぬ新しい暮らしを思い描け。

はなは懸命に、これから出会う新しい店や人々の姿を想像しようと努めた。

だが、喜楽屋以外の店で立ち働く自分の姿が思い描けない。おせいの他に、店の主《あるじ》として仕えるべき者の姿が思い描けない。

はなは小声で唸《うな》りながら、喜楽屋以外の店構えを頭の中に生み出そうと苦しみもがいた。

そのうちに、ひたひたと静かな足音が聞こえてきた。

はなは襖《ふすま》のほうを向く。

わずかに開けておいた襖の隙間から、小さな気配が入ってきた。

こはくだ。

これまでと同じように、いつでもこはくが出入りできるよう襖を開けておいたのだが、すぐに現れなかったので、もう来ないつもりかと思っていた。はなが二階へ上がってきた時も、おせいの部屋にこもったまま姿を見せなかったので、寂しく感じていたのだ。こはくに忘れられてしまったかと思っていた。

暗がりの中、こはくの毛がはなの顔に触れる。頬に顔を寄せて、くんくんとにおいを嗅《か》いできた。

はなはそっと手を伸ばし、こはくの頭を撫《な》でた。

「にゃー」

甘えるような声を上げて、こはくが身をすり寄せてきた。耳のつけ根、首、背中と、手探りで順に撫でてやれば、気持ちいいと言わんばかりに身をくねらせる。

「こはく」

小声で呼べば、返事をするように前足をはなの顔に伸ばしてきた。

「あたしのこと、ちゃんと覚えていてくれたんだよね？」

「当たり前だ、馬鹿」とでも言うように、こはくが鼻息を荒くして「にゃっ」と鳴いた。

　顔が見えない夜《よ》闇《やみ》の中で、はなはこはくを抱きしめる。

　ふさふさとした柔らかな毛が、はなの顔をくすぐった。こはくの温《ぬく》もりと重みが、はなに安《あん》堵《ど》感《かん》を与えてくれる。

　はなの目《め》尻《じり》を、こはくが舐《な》めた。ざらりとした舌の感触が、わずかに痛い。

「にゃおん」

　こはくの声は、まるで子猫をあやすように優しかった。

　はなは、こはくの頭を撫でる。

　猫は夜目が利く。きっと、こはくには、はなの涙が見えていたのだろう。

　こはくが夜着の下に潜り込んできた。はなの腕に前足をかけて、ぴたりと寄り添ってくる。

　こはくを撫でながら、はなは目を閉じた。

　ごろごろと、こはくが喉《のど》を鳴らす。猫が心地よく感じている時に出す音だ。

　その音を聞いているうちに、いつの間にか、はなは眠りについていた。

　体の横で何かがもぞりと動いて、目が覚めた。

目を開ければ、薄暗い部屋の中で、こはくが布団の上に座って毛づくろいをしていた。

雨戸の隙間から日の光が差している。

はなは起き上がった。

雨戸を開ければ、瞬時に明るい光に包み込まれた。まぶしさに目を細めながら、はなは窓の外に目を向ける。

神田の通りが眼下に広がっていた。

「なっと、なっとぉ、納豆はいらんかねぇ」

「あさぁりー、しじぃみー」

棒手振《ぼてふり》たちが通りを行き交っている。

待ちかねていたのか、裏路地から出てきたかみさんが納豆売りを呼び止めた。

「ちょいと、こっちに回っておくれ」

「へい、毎度！」

神田の朝の光景に、はなは唇をぎゅっと引き結んだ。

活気に溢《あふ》れる町の通りは、駒場御薬園の敷地内とはまるで違う――。

切な過ぎて、泣きたくなった。

階下から漂ってくる醬油《しょうゆ》の香りに、切なさが増す。

以前であれば、今頃は、おせいとともに調理場で朝食の支度などをしていたのに――。

奉公人ではなくなった今、ひと晩泊めてもらった礼にと手伝いを申し出ても、あっさり断られてしまうだろうか――そんなことをつらつら考えてしまうと、身動きが取れなくなった。

階下から、八百屋の八兵衛《はちべえ》が青物を届けにきた声がする。続けて、魚政《うおまさ》の若い衆が魚を運んできた声がする。

はなは窓辺から動くことができぬまま、障子の陰に隠れて、八兵衛たちが去っていく気配をじっと探っていた。

顔を出して挨拶《あいさつ》することはできなかった。駒場から逃げ帰ってきたと呆《あき》れられるのが怖かった。

わずかににじんできた涙をまばたきで飛ばして、はなは障子の陰から空を仰いだ。

青空が広がっている。

まとわりついてくる冬の寒さより、日の光の明るさを心身が欲した。

障子の陰から出て、しばし窓辺にたたずみ、朝日を浴びる。

慌ただしく窓の下を通り過ぎていく者たちは誰も、はなに気づかない。その気楽さの中で、強張《こわば》っていた体の力が少しずつ抜けていった。

「おらおら、どいた、どいたーっ」

日本橋《にほんばし》の方角から大八車が勢いよく駆けてくる。

先導する男が走りながら振り向いて、大八車を引いている男、押している男たちに向かって叫んだ。

「頑張れ！　あと少しだ！　美味《うま》い飯が待ってるぞっ」

大八車の男たちが「おうっ」と元気な声を上げる。きっと荷を下ろす先で食事がたっぷり用意されているのだ。

砂埃《すなぼこり》を上げながら去っていく大八車を見送って、はなは窓の真下をじっと見つめた。

喜楽屋の奉公人であった頃は、毎朝あそこを掃き清めていたのに――。

再び涙がにじんできそうになる。

はなは両手で両頬をぴしゃりと打った。めそめそするなと、弱い心を叱咤《しった》する。

自分で選んだ道なのだ。今は前だけを見て、突き進め。

こはくが足元にすり寄ってきた。元気を出せと言っているように、何度も顔をすりつけてくる。

　はなはしゃがんで、こはくを撫でた。

「こんな時こそ、笑っていなくちゃねえ。満開の花のように笑っていれば、いつか必ず幸せになれるんだから」

　まるで「そうだ」と言うように、こはくが「にゃおん」と鳴き声を上げた。

　どんな時でも咲き誇る花のように笑ってこそ「はな」じゃないか――。

　じっと見つめてくるこはくの澄んだ瞳《ひとみ》が、そう言っているような気がした。

　はなは着替えて店へ下りた。こはくも、あとをついてくる。

「おはようございます」

　調理場にいたおせいが顔を上げた。

「おはよう。先に、こはくに餌をやってしまうわね」

　はなを追い抜かして、こはくは土間に飛び降りる。

「にゃあん」

　甘えた声を上げながら、おせいの足にすり寄った。

「はいはい、おまえのご飯はちゃんと用意してあるわよ」

おせいが餌を置けば、こはくは器に顔を突っ込んで勢いよく食べ始めた。

ふふふと笑って、おせいがこはくを見下ろす。

「今日も食欲があるわねえ」

はなは改めて、餌を食べているこはくの姿をじっと見つめた。

喜楽屋で引き取った時は、ずいぶんと痩《や》せていた。今ではふっくらとした体つきになって、だいぶ顔つきも変わった。野良猫の時の面影はもうない。

時が経つのは、あっという間だ。

今こうしている間にも、時は刻々と流れているのだと、はなはつくづく思った。

「わたしたちも、ご飯を食べちゃいましょう」

おせいが調理場で味噌汁《みそしる》をよそい始めた。

はなは調理場の前に立つ。

「あたしにも手伝わせてください」

「もう支度はできているのよ」

「じゃあ運びます」

「気を遣わなくていいのよ。疲れているでしょう。ゆっくりしていてちょうだい」

はなは頭《かぶり》を振った。

「じゅうぶん、ゆっくり寝かせていただきました。朝だって、二階でのんびりしてしまって――」

おせいは微笑みながら、小上がりを目で指す。

「いいから座ってて。はなちゃんは、もう奉公人じゃないんだから」

おせいの言葉が、はなの胸に突き刺さった。

もう奉公人じゃない――。

縁を切られたような気持ちになった。

やっぱり――という思いを嚙《か》みしめながら、はなは口角を引き上げた。

どんな時でも笑っていろと、胸の中で自分に言い聞かせる。

こんなことぐらいで傷ついていちゃ駄目だ。この先もっとつらいことが訪れたとしても、はなは果敢に生きていかねばならぬのだ。

望んだ未来をつかみ取るために、はなは駒場を出てきたのだから――。

おせいは困ったような笑みを浮かべながら、小上がりへ折敷《おしき》を運んだ。

「きっと今のうちぐらいよ。のんびり休んでいられるのは……」

ご隠居が来たら、すぐに新しい落ち着き先へ案内されるかもしれない。新しい居場所に着いた早々、見知らぬ人々の中で気を張りながら、与えられた仕事に取り組まねばならぬかもしれないのだと、おせいは案じてくれているようだ。

はなは笑みを深めた。

「大丈夫です。あたし、元気だけが取り柄ですから」

おせいは微苦笑を浮かべながら茶も運んだ。

「とにかく座って」

おせいが小上がりに腰を下ろした。はなもあとに続き、用意された折敷の前で居住まいを正した。

「さあ、どうぞ」

「いただきます」

背筋を伸ばして、箸《はし》を持つ。

折敷の上に載っているのは、風呂吹《ふろふ》き大根、卵焼き、小鯛《こだい》の塩焼き、鰯《いわし》のつみれ汁、白飯だ。

はなは汁椀《しるわん》を手にした。

鰯のつみれ汁は、はなが初めて喜楽屋を訪れた時に食べた物だと思い出す。

大根、人参《にんじん》、葱《ねぎ》などの青物がふんだんに使われた汁の中に、生姜《しょうが》の効いた鰯のつみれが入っている。

はなは汁をひと口飲んだ。

こくのある深い醤油《しょうゆ》の味の中に、青物の甘みと鰯の旨《うま》みが染み出ている。

はなは、ほうっと息をついた。

「美味《おい》しい……」

おせいの優しさがたっぷり入っているような味だ。

この鰯のつみれ汁を作った時、おせいも、初めて会った日のことを思い出しただろうか――。

「たくさん食べてちょうだい」

「はい」

卵焼きをかじれば、しっとりした甘さが口の中に広がる。

小鯛の塩焼きは、まるで新しい門出に幸あれと祈られているようで――。

風呂吹き大根を食べれば、これぞ喜楽屋という味が舌の上に載った瞬間に、泣きたくなるような高ぶりが全身を駆け巡った。

ああ――。

声にならない感慨が、はなの内からほとばしる。

はなは白飯を頬張った。

米の甘みにすら涙が出そうになって困る――。

喜楽屋で、おせいの料理を食べるのは、これが本当に本当の最後だろうか。

次の奉公先が江戸《えど》市中であれば、年に一度か二度は、客として喜楽屋を訪れることが許されるだろうか。

はなはじっくりと料理を噛みしめた。

今日が今生の別れとは限らない。

けれど、喜楽屋の――おせいの味を体に染み込ませるように、しっかりと、はなは料理を味わった。

この味を覚えていれば、きっと、どんなことでも頑張れるはずだ。

すべて食べ終えると、はなは居住まいを正して、おせいに向き合った。

「ごちそうさまでした」

おせいが空になった器を見て、嬉《うれ》しそうに微笑む。

その笑顔を目に焼きつけておこうと、はなはおせいの顔をじっと見つめた。

「おせいさん、体に気をつけて、いつまでも元気でいらしてくださいね。絶対に無理はしないでください」

おせいも居住まいを正して、はなに向き直る。

「はなちゃんも、元気でね。無茶は駄目よ」

「はい」

こはくが小上がりに飛び乗って、はなとおせいの間に座り、「にゃあん」と鳴き声を上げた。まるで「しっかりやれよ」と、はなに餞別《せんべつ》の言葉を告げているように。

女二人と猫一匹で過ごすのも、これが最後かと、はなはしみじみ思った。

表戸を叩《たた》く音がしたのは、はなとおせいが朝食のあと片づけを終えて茶を飲んでいた時である。

おせいが腰を浮かせた。

「ご隠居かしら」

「あたしが出ます」

はなは立ち上がった。

「ごめんください」

聞こえてきた男の声に、どきりとする。

良太だ――。

知らぬうちに止めていた息を吐き出して、はなは表戸を見つめた。

おせいが気遣わしげな目を向けてくる。はなは口角を引き上げておせいにうなずくと、戸口へ向かった。

自分で口角を引き上げているのか、口元が引きつっているのか、わからなくなる。

戸の前で立ち止まり、ぎゅっと唇を引き結んだ。

いったい、どんな顔をして会えばいいのか――。

引き戸に伸ばした手が途中で止まる。

良太の顔を見るのが怖い。

だが、どんな非難でも甘んじて受け止めなければ――。

はなは意を決して、戸を引き開けた。

切なく澄んだ良太の眼差《まなざ》しが、まっすぐに、はなを見つめてくる。

はなは良太の目を見つめ返した。

頭が真っ白になりかける。

はなは唇を震わせて、何とか声をしぼり出した。

「ごめんなさい――」

良太の瞳《ひとみ》が苦しげに揺れる。

「駒場へ帰ろう」

はなは首を横に振った。

「あたしは、もう――」

「はなちゃん、中へ入っていただきなさい」

後ろから、おせいの声がかかった。

振り向けば、おせいが湯気の立ち昇る湯呑茶碗《ゆのみぢやわん》を盆に載せて土間に立っていた。

「お茶を淹《い》れましたから、どうぞ」

外の良太に向かって声をかけ、おせいは小上がりに茶を置く。

「わたしは二階へ上がっていますから、ここで二人で話をしてください」

小上がりにいたこはくが、ふんっと鼻息を荒くして良太を睨《にら》む。良太が敷居をまたいでくると同時に階段へ向かって跳び、ものすごい勢いで駆け上がっていった。

おせいも良太に一礼すると、二階へ上がっていく。

礼を返した良太は、小上がりへ上がると、右膝《みぎひざ》脇に刀を置いて座った。

はなは良太の向かいに腰を下ろす。

真正面で見つめ合った。

張り詰めた気を漂わせているものの、良太は怒りをあらわにすることもなく、ただ静かに、はなを見ている。

「おまえが突然いなくなったと、昨夜、報《しら》せを受けたのだ」

何か言わねばとあせっているうちに、良太が先に口を開いた。

「部屋で休んでいたはずのおまえに、由莉《ゆり》どのが昼頃になって声をかけたのだが、襖《ふすま》の向こうからは返事がなかった。気にはなったものの、ひどく疲れていたようだったので眠っているのだろうと思い、そのままそっとしておいたのだという」

はなは目を伏せた。

由莉にまで、要らぬ心配をさせてしまった――。

「日が暮れかけた頃、今度は登和子《とわこ》どのが様子を見にいった。さすがに返事がないのはおかしい、まさか具合が悪くなって声も出せぬのではあるまいかと、部屋の襖を開けたのだ。そうしたら、いるはずのおまえがいなかった――」

はなは膝《ひざ》の上で拳《こぶし》を握り固めた。

登和子に対する申し訳なさが腹の底から込み上げてくる。

良太は静かに、はなを見つめ続けた。

「登和子どのも、由莉どのも――みな必死になって、おまえを捜し回ってくれたのだ。屋敷の周りはもちろん、下男の茂吉《もきち》は、目黒《めぐろ》不動尊にまで捜しにいったそうだ。おまえが駒場で行きそうなところなど、他にないと言ってな」

はなは唇を噛《か》んで目をつぶる。

茂吉さん、ごめんなさい——。

「夜になって、左内《さない》どのと左之助《さのすけ》どのも捜索に加わったが、やはり見つからない。そこで、結城家に報せがきた。駒場にいないとなれば、考えられるのは、神田か山《やま》ノ内《のうち》——」

ふうっと良太のため息が聞こえた。

目を開ければ、良太が自嘲《じちょう》めいた笑みを浮かべていた。

「おれは、すぐに喜楽屋だと思った」

それ以外はあり得ないというような口ぶりだ。

だから朝食を食べ終える頃合いを見計らって戸を叩いたのか——それとも、ひょっとして、昨夜のうちに弥一郎から何か聞いているのだろうか——。

良太は探るような目で、はなの目を見た。

「いよいよ武家へ入るのだと思えば、たまらなく里心がついてしまったのだと頭を下げれば、きっと許していただけるぞ」

はなは良太の目を見つめ返しながら首を横に振る。

「できない——」

はなは床に両手をついて頭を下げた。

「ごめんなさい。やっぱり、あたしは武家に入れません。良太さんとは、もう一緒にいられない」

はなは床の上で拳を握り固める。

「あたしのことは——もう忘れちゃっていい——」

はなが武家に入れぬ以上、良太と添い遂げることはできないのだ。

いずれ結城家を継がねばならぬ良太は、誰か他の女を妻に迎えて、子を生《な》し、御家を守っていかねばならない。

はなは拳に力を込めた。ぶるぶると両手が震える。

ごくりと唾《つば》を飲んで、はなは声をしぼり出した。

「武家の方をご新造さまにお迎えして——どうか幸せになってください——」

涙がぽたりと床に落ちた。

ぽた、ぽたと、目から溢《あふ》れた涙が床を濡《ぬ》らしていく。

良太が鎌倉の村を去った時、はなに寄越した手紙を思い出した。

——もう一緒に暮らせない。おれのことは忘れて、誰かいい男を見つけてくれ。

幸せになれ——。

ふざけるなと思い、憤った。

だが、まったく同じことを、まさか自分が良太に告げることになろうとは――。

身も心も崩れ落ちてしまいそうだ。

涙が止まらない。

歯を食い縛り、嗚咽《おえつ》を必死にこらえ、はなは床に額をすりつけた。

「ごめんなさい……」

良太から涙を隠すように、はなは頭を下げ続けた。

「謝るな。顔を上げてくれ」

はなは頭を下げたまま、首を横に振る。

良太の両手が、はなの両腕をつかんだ。優しく、だが力強く引っ張り上げられて、はなは身を起こした。

涙が次々と溢れてくる。こらえようとしても、こらえることができない。

ぐちゃぐちゃに顔をゆがめて、はなは目を細めた。

良太の顔をまともに見ることができない。

涙でぼやける良太の表情は、ひどく切なくて――。

良太が、そっと、はなの頬に手を当てる。

「駒場へ戻ろう」

首を横に振ろうとするはなの顔を、良太が押さえた。

「どんな結末になろうと、一度は戻るべきだ」

良太が、ぐいと、はなの顔を上向かせる。

息がかかるほど間近で目が合った。

「二人で伊澤家に詫《わ》びねば、筋が通らぬ。今後どのように生きるとしても、ここで誠意を示しておかねば、悔いが残るのではないか。悔いを抱えたまま、この先どうやって生きていくというのだ」

良太の目は怖いほどに澄んでいる。

「かつては、おれも、おまえから逃げた。二人で雪見をしながら味噌《みそ》けんちん汁を食べた、あの夜――おまえがぐっすり寝入るのを待ってから、おれは鎌倉の家を出た」

小雪が舞い降りる雪見けんちんの夜が、はなの頭の中によみがえってくる。

二人で作った温かい味噌けんちん汁を食べながら、良太が作った竹灯籠《たけどうろう》の火明りを二人で眺めた、忘れられぬ夜だ。

竹筒に彫られた数多くの小さな穴から洩《も》れる蠟燭《ろうそく》の火明りは、ひとつひとつが花びらとなって浮かび上がり、夜闇《よやみ》の中にいくつもの光の花を咲かせていた。

光の花は、まるで幸せの証《あかし》のように、ゆらめく炎とともに瞬いて――。

灯が消えたあとも、この幸せがずっと続くものだと信じきって、はなは良太と抱き合い、深い眠りについたのだった。

「すべてを捨て、おまえとともに生きようと思った。だが、お役目のために、おまえを危険に晒《さら》すかもしれないと思った時、おれは怖くなったんだ。それで、けっきょく、おまえから逃げた」

　良太は真摯《しんし》な目で、はなを見つめ続けた。

「もう二度と会えないと思った。それなのに、おまえは、おれを追ってきた。何て馬鹿な真似をするんだと思いながら――おれは、たまらなく嬉《うれ》しかった」

　良太は目を潤ませながら、くいっと口角を引き上げた。

「どこまでもまっすぐで、ひたむきなおまえに、おれは惹《ひ》かれたんだ。おまえとの出会いは、おれにとって必然だった。たとえどんな形になったとしても、決して悔いはしない。おまえとの未来を夢見たから、おれは生きてこられたんだ」

　どっと溢れ出る涙が、はなの頬に触れている良太の手を濡らしていく。

　流れ続ける涙の向こうで、良太が笑みを深めた。

「おまえが、おれを変えた」

まばたきをした拍子に、良太の首にうっすらとついた傷が見えた。一寸《いっすん》（約三センチメートル）ほどの小さな傷だが、もしや刃物でつけられた傷だろうか。それとも山奥に入った際、藪《やぶ》か何かでついた傷だろうか。

危険と隣り合わせの任に就く良太が「生きてこられた」と語る時には、大げさでも何でもなく、実際に死の淵《ふち》を見てきた恐れがあるのだ。

自分への想いが良太の生きる糧になってくれたことがあったのかと、はなは泣き濡れながら思った。痛いほど、胸が熱くなる。

深い深い闇の底を照らすひとつ星のように、良太の目が光った。

「おれは、もう絶対に逃げない」

おまえはどうするんだと、良太が強い眼差《まなざ》しで問うてくる。

はなは唇を引き結んで、泣き声をこらえた。

はなだって、逃げるような生き方はしたくない。自分が望む未来へ向かうために、逃げない覚悟を決めたはずなのだ。

はなの頬に触れている良太の指先に力がこもる。

「伊澤家へ行こう」

登和子と由莉の顔が、はなの頭に浮かんだ。左内、左之助、茂吉の顔も――。

みな、はなに温かく接してくれた。はなを家族として受け入れる気持ちになってくれた。

それなのに、はなは後足で砂をかけるような真似をしてしまったのだ。

このままでいいのか――。

「切羽詰まって飛び出したとはいえ、ひと言も詫びることなく別れては、互いの心に消えぬ傷が残るぞ」

良太の冷静な声が、はなの胸にずしりと重く響いた。

はな自身に傷が残るのはいい。自らつけた傷なのだから。

だが、伊澤家のみなには――。

はなの身を案じて捜し回ってくれた姿を想像すれば、やはり直接顔を見て詫び、頭を下げねばならぬのだという思いが胸いっぱいに広がった。

この恩知らずめと罵《ののし》られても、頭を下げて詫びるしかない――。

はなは良太の目を見た。迷いのない、毅然《きぜん》とした瞳《ひとみ》が、そこにあった。

「おれが愛したままのおまえでいてくれ」

はなの目から、新たな涙がどっと溢れた。

どんな形になったとしても、間違っていないと言うのか。

はなは、はなのままでいいと、良太は言うのか。

頬に当てられたままの良太の手の温《ぬく》もりにすがりつきたくなる衝動をこらえながら、はなはうなずいた。

「もう一度駒場へ行って、みなさまに、ちゃんとお詫びをします」

良太が安堵《あんど》したように目を細めた。

「では、さっそくこれから行こう」

「はい」

良太の手が、頬から離れていく。

触れ合えるのは、これが最後か――。

もう二度と良太の温もりを感じる機会はないのかと思えば、さらにまた涙が溢《あふ》れてくる。

はなは良太から目をそらした。

完全なる決別は、もう少し先か――。

だから良太は、まだ別れの言葉をはっきりと口にしないのだろうか。この場で別れたら、もう永遠に顔を見ることはないだろうという時がくるまで、別れの言葉を口にしないつもりなのだろうか。

引きつるような胸の痛みを、はなはこらえた。

また一緒に駒場へ行ってしまえば、きっと離れがたくなるだろう。けれど二人で寄り添う形には、もう二度と戻れないのだ。ともに過ごす時が長引けば長引くほど、良太への想いに苦しみ、身を引き裂かれるようなつらさも長引くはずだ。

だが、それでも行かなければ――伊澤家のみなに詫《わ》びることだけを考えて、行かなければ――。

はなは歯を食い縛って立ち上がった。

「おせいさんに、駒場へ行くと伝えてきます」

良太に背を向け、階段を上がっていく。

おせいの部屋の前で居住まいを正すと、はなは襖《ふすま》の隙間から声をかけた。

「今から良太さんと一緒に駒場へ行って、伊澤家のみなさまに迷惑をかけたお詫びをしてきます」

部屋の内側から襖が大きく開いた。

おせいが敷居の向こうに膝《ひざ》をつき、気遣わしげな目を向けてくる。

はなは口角を引き上げた。

「駒場へ行って、ちゃんと、けじめをつけてきます。自分が決めた道へ、心置きなく踏み出すために」

　おせいが痛ましげな表情で眉根《まゆね》を寄せる。

　はなは唇に力を入れて、口角を引き上げ続けた。

「行ってきます」

　おせいがいたわるように、はなの腕をそっと叩《たた》く。

「気をつけて行ってらっしゃい」

　はなは懸命に口角を引き上げたまま、大きくうなずいた。

　重い足を気力で動かすように、はなは駒場への道を歩いた。

　神田を出て、日本橋から赤坂《あかさか》へ回り、まずは渋谷宮益町へ向かう。

　前回、良太とともに同じ道を歩んだ時は、緊張しながらも期待に満ち溢れた道行きだった。だが今は、胸の痛みに耐えながら黙々と進むだけだ。

　武家地を過ぎて町人地へ入り、石敷きの坂道まで来ると、足の重さが増した。

　ぐらつく石を踏んで転ばぬよう、はなは細心の注意を払いながら、ゆっくりと坂道を上っていく。

前回、駒場へ向かった時は、この道で転びそうになり、良太に気遣われた。

昨日、一人で駒場を飛び出してきた時は、この道で転んでしまった。

今は良太が一緒だが、たとえ再び転んだとしても、もう良太の手を借りることはできない――一人で歩き切らねばならぬ道のりなのだと、はなは思った。

時折振り返り、はなの足取りを確かめる良太の眼差しがつらい。

いっそ激高して罵倒《ばとう》するか、冷たく背を向けてくれたほうが楽かもしれないとさえ感じるような、思いやりに満ちた眼差しだった。

はなは足元に目を落として、石につまずかぬよう気をつけながら、黙々と坂道を上り続ける。

富士見坂にある茶屋の前で、ちゅんちゅんと鳥の鳴き声が聞こえてきた。

思わず足を止めて、辺りを見回す。

建ち並ぶ茶屋の屋根の上で、全身の羽毛を膨らませてふっくらとした脹《ふく》ら雀がさえずっていた。二羽並んでいる。番《つがい》だろうか。冬空の下で寄り添う二羽は、とても仲睦《なかむつ》まじく見えた。

脹ら雀は「福良雀」――。

そのめでたい響きに、胸がしめつけられる。

はなは脹ら雀から目をそらして、再び歩を進め、坂の頂上に立った。

「ここで昼飯を済ませていこう」

人通りのまばらな富士見坂に、良太の声がぽつりと響く。

はなは首を横に振った。

「今は一刻も早く、伊澤家へ――」

「ここを逃せば、きっと、もう食べる機会はないぞ」

「でも――」

富士見坂で飯など食べたら、良太とともに味わった蛍飯を思い出して、また泣いてしまうかもしれないと、はなは危惧《きぐ》した。

もう駒場で生きることはできないのに、別れを惜しんで泣きわめきたい衝動に駆られたら、いったいどうすればいいのだ。こらえるしかないとわかっていても、一抹の不安を拭《ぬぐ》い去ることができなかった。

良太と別れたいはずがない。

けれど、それでも別れると決めたのだ。

決めたのは、誰でもない、はな自身だ。これ以上、良太を困らせ、迷惑をかける真似はしたくない。

黙っていると、良太に腕をつかまれた。

「来い」

ずんずんと引っ張っていかれる。

「ちょっと──待ってよ──」

だが良太は止まらない。否応《いやおう》なしに、一番近い茶屋へ引っ張り込まれた。

案内も待たずに店の奥の床几《しょうぎ》へ座ると、良太は店主らしき男を振り返る。

「親父、飯を頼む」

前掛をつけた白髪の男がうなずいた。

「うちには菜飯くらいしかありませんが、ようござんすか」

「それでよい。熱い汁物はあるか？」

「青物の味噌《みそ》汁《しる》ならあります」

「二人前ずつ頼む」

男はうなずくと、たすきをきっちり結び直して調理場へ入っていった。

一人で店をやっているのか、奉公人の姿は他に見えない。前回入った茶屋よりも小さな店なので、何とか一人で切り盛りできるのだろうか。それとも忙しさに応じて手伝いを雇うのだろうか。

床几の前に突っ立って、ぼんやり調理場を眺めていると、良太に腕を軽く引っ張られた。ずっと、つかまれたままだった。

「とにかく座れ」

はなが腰を下ろすと、良太は手を離した。去っていく温《ぬく》もりが悲しい。

寂しげな顔にならぬよう口角を引き上げて、はなは調理場のほうを見続けていた。

今は良太と顔を合わせづらい。前回の駒場行きと違って、なごやかに話などできるはずがないのだ。

ちらりと良太に目をやれば、お役目柄やはり感情を表に出さぬ術に長《た》けているせいか、極めて平静な表情に見える。

「感情を表に出さぬよう、抑えなさい」と、はなも伊澤家で教わったのに、ちっとも抑えられていない。形だけ唇の端を引き上げても、きっと笑顔には見えていないだろう。

窓の外から、ちゅんちゅんと鳴き声が聞こえる。先ほどの脹ら雀だろうか。今も二羽で寄り添って、屋根の上を跳ね回っているのだろうか。

「お待ちどおさまです」

菜飯と味噌汁が運ばれてきた。折敷《おしき》の上は思いのほか色とりどりで、はなは感心する。

鮮やかな緑の葉が混ぜ込まれた菜飯には、炒《い》り胡麻《ごま》がかけられている。使われている青菜は、小松菜だ。

味噌汁の具は、人参《にんじん》、大根、牛蒡《ごぼう》、里芋、蓮根《れんこん》と、豪華である。七色唐辛子が添えられていた。

はなは息を詰めて汁椀《しるわん》を見つめた。

こんにゃくと豆腐が加わって、胡麻油の香りが漂っていたら、思い出の味噌《みそ》けんちん汁と同じではないか――。

雪見の夜に、味噌けんちん汁とともに食べたのは、菜飯ではなく、確か、釜茹《かまゆ》でしらすの茶漬けだったが――。

良太が七色唐辛子を味噌汁に振りかける。その表情は、まるで鎌倉の村での暮らしを思い返しているようだった。

過ぎし日々を愛《いと》おしむような手つきで汁椀と箸《はし》を持ち、良太は青物たっぷりの味噌汁を食べ進めていく。

はなも七色唐辛子を味噌汁にかけて、汁椀を手にした。顔に近づければ、立ち昇る湯気が、はなの頬に触れる。

ひと口飲めば、甘じょっぱい味噌の味が、青物から染み出た甘みとともに、腹の底へ落ちていった。熱さが体内を駆け巡り、はなの血肉を温めていく。忘れていた手足の冷えが、今になって、指先からじんじんと騒ぎ出した。

汁椀から伝わってくる温かさに癒《いや》されながら、はなは具を食べた。大根や里芋が口の中でほっくりと崩れていく。味もよく染みていた。

「美味《うま》いな」

顔を上げれば、良太がしみじみとした表情で目を細めて汁椀の中を見つめていた。

鎌倉の村で味噌けんちん汁を食べた時、良太は言っていた。

――なくなっちまうのが惜しいな。美味い物は、いつも、あっという間になくなっちまう――。

楽しい時も同じだと、はなは思った。

今この瞬間を止めておくことは、誰にもできない。

どんなに幸せな時でも、あっという間に容赦なく流れていくのだ。そして過去になる。

二人で寄り添った日々も、叶《かな》わなかった約束も、いつか時の向こうに遠ざかっていく。はなは、ただ心に留めておくことしかできない。

泣きたい気持ちで口角を引き上げて、はなはそっと良太を見つめた。

同じ場所で、同じ物を食べている、今この時も、すぐに過去になる――。

良太が汁椀から顔を上げた。はなと目が合って、小さく微笑む。

その笑顔を決して忘れまいと、はなは口角を引き上げながら思った。


昼食を終えて茶屋を出ると、強い風が吹いていた。店の脇に植えられている木が、ざあざあと葉音を立てて揺れている。

富士見坂の上には薄灰色の厚い雲が広がっていた。

先ほどまで天気は悪くなかったのに――茶屋にいる間に、急に空模様が変わってしまったようだ。

雨の気配を探って、はなは頭上を見回した。駒場御薬園へ着く前に、土砂降りになる恐れはないだろうかと心配になる。

「大丈夫だ。雨になったとしても、たいして降らないはずだ」

良太が空を見ながら事もなげに言う。

「そのうちに、また晴れるだろう」

良太の声は自信に満ちていた。山へ踏み入る採薬師は、山の変わりやすい天気にも慣れているはずだ。きっと空を読む術に長《た》けているのだろう。

良太は茶屋の脇に植えられている木を仰ぎ見た。

「冬青《そよご》だ。硬い葉が風に揺れてよく音を立てるので、風に『そよぐ』という意味で、『そよご』と呼ばれるようになった。『冬』に『青』と書く名の通り、冬でも青い葉を保つ常緑の木だ。この木から、算盤《そろばん》玉や、櫛《くし》などが作られる」

はなも良太の隣に立って、冬青を見上げた。

「さすが採薬師、詳しいね」

まあなと言うように、良太は冬青の木をぽんと叩《たた》いた。

「葉を火で熱すると膨らむので、『膨ら柴《しば》』という異名もある。――『膨らの木』と呼ぶ者もいるな」

膨らの木――。

はなの頭の中で、「膨ら」は瞬時に「福良」となる。

良太も同じことを思っているのだろうか。まるで神聖なものを崇《あが》めるような眼差《まなざ》しで、目の前の木を仰ぎ見ている。

「この先何があっても、おれの気持ちは変わらない」

手を伸ばし、福良の木の葉にそっと触れてから、良太は振り向いた。

揺るぎない瞳《ひとみ》が、はなを熱く見つめる。

「永遠に、ずっと、おまえを愛する」

はなはくしゃりと顔をゆがめた。

別れの手前で変わらぬ愛を告げるだなんて、ずるいじゃないか。

抱きついて、誰も知らない場所へ二人で飛んでいってしまいたくなる。

冬の空を羽ばたく福良雀のように——。

ちゅんちゅんと、茶屋の屋根で声がした。鳴き声のほうへ顔を向ければ、小さな羽音が辺りに響き渡る。

二羽の雀が屋根から飛んだ。

福良の木にちょんと止まり、遊ぶように枝葉を揺らしてから、空高く羽ばたいていく。

どこまでも飛んでいけと、はなは思った。

空を厚く覆う雲を突き抜けて、その先を目指すのだ。

何の憂いもなく、ただ無邪気に寄り添える、光の中へ——。

二羽の姿は遠くなり、雲に吸い込まれるように消えていった。

やがて雲間から、うっすらとした光が差す。

良太が言った通り、晴れてきたのだ。

「行くぞ」

「はい」

富士見坂をゆっくり下りていく良太のあとに続く。

渋谷川を越え、道玄坂《どうげんざか》を西北に進み、駒場野へ――。

日の差し始めた広大な原野を進む。

風は冷たく吹くけれど、頭上の雲を押し流して、はなの目の前に美しい光景を現してくれた。

日の光を浴びた原野の枯れ草が黄金色に輝いている。

進む先に生い茂っている笹の群れが鮮やかに道を彩っている。

遠くに見える松林は緑濃く、雲間に覗《のぞ》いた青空に向かって勢いよく枝を伸ばしていきそうに見えた。

胸が痛い。

良太との別れの時は刻一刻と近づいてきているのに、どうして景色はこんなにも美しいのだろう。

吹きつけてくる風の中で、はなはしっかりと両目を開けて、駒場野を見た。

寒さがうなじを伝って、着物の中に入り込んでくる。頬も、手も、足も冷たい。

だが、はなは立ち止まることなく前へ進んだ。時折大きくひるがえる裾《すそ》にも構わず、足を大きく動かし続ける。

これは自分が決めた道だ。

目指す場所へ辿《たど》り着くまで、足を止めるな。

喜んで、楽しく食事ができる場所――美味《おい》しい料理で笑顔になれる店へ向かって、今、進んでいるのだと、はなは思った。

先導する良太は振り返らずに、力強い足取りで進んでいく。

原野に延びるこの道で、すれ違う者は誰もいない。

二人きりだ。

辺りに響くのは、はなの息遣いと足音、風に揺れる葉音だけ――。

良太はわずかな物音も立てない。その姿がすぐ前に見えていなければ、存在にすら気づかないような歩き方だ。

はなは良太の後ろ姿を見つめた。

この背中を、一生忘れない。

ともに歩む最後の道のりを、しっかりと踏みしめて、はなは歩いていく。

森林を抜けると、杉垣が見えた。御薬園の敷地内へ入り、冬木の桜が立ち並ぶ道を進む。

はなは歩きながら桜の木を見上げた。春になり、満開になった並木は、さぞ美しいことだろう。

桜の花びらが舞う中を、良太のあとについて眺める未来はもう消えた。

枯れたような枝を広げる桜の下を歩きながら、はなは目を細めた。

枝先に、たくさんの冬芽がついている。

並木の下を通る者がいようといまいと、桜には無縁だ。

春がくれば、咲くべき時に咲くのみである。そして時期がくれば、潔く散り、今度は葉桜の季節がやってくる。

夏の盛りを緑で越えて、秋の深まりとともに紅葉し、冬に葉を落とす――。

巡る季節を何度もくり返し、命尽きるまで、桜はそこに在り続ける。

このたくましい木々のように生きねばと、はなは改めて決意した。

前に向き直れば、建ち並ぶ武家屋敷の裏手から、ちょうど人影が出てきたところだった。こちらを見て、駆け寄ってくる。

はなは立ち止まり、目を凝らした。

茂吉だ。ほっと安堵《あんど》したような表情をしている。はなを心配して、居ても立ってもいられずに、通りまで出てきてくれたのだろうか。

ものすごい勢いで目の前まで来ると、茂吉は肩で息をしながら「ああ」とため息のような声を上げた。

「はなさま、ご無事で――」

「ごめんなさい」

深々と頭を下げて、はなは詫《わ》びる。

「目黒不動尊にまで捜しにいってくださったそうですね。茂吉さんにも、本当に申し訳ないことをいたしました」

「はなさま――どうか、お顔を上げてください」

身を起こせば、茂吉は戸惑い顔になっている。なぜ今までのように呼び捨てにしないのだと言いたげな表情だ。

じっと目を見て口角を引き上げれば、茂吉は何かを察したような顔になり、痛ましげに眉《まゆ》を曇らせた。

茂吉は気遣わしげな笑みを浮かべると、武家屋敷のほうを指差す。

「さ、参りましょう。ご新造さまも、由莉さまも、ずっとお待ちでいらっしゃいますよ」

はなはうなずいた。

「わしは先に戻っております」

言うや否や、茂吉は駆け出した。伊澤家の裏口のほうへ回っていく。

数歩先で立ち止まっていた良太が再び歩き出した。はなもあとに続く。

きっちり整えられた生垣の間を進み、良太とともに伊澤家の門前に立った。

はなは息を整える。

登和子の顔を思い浮かべれば、緊張が高まった。

門をくぐった良太が右手へ向かう。竹垣に並ぶ枝折戸を開け、薬草園を脇に見ながら、内玄関へ進んでいく。

良太が内玄関へ辿り着く前に、がらりと戸が中から引き開けられた。

登和子が立っている。

良太を鋭く一瞥《いちべつ》してから、すぐに、こちらへ顔を向けた。

「はなさま――」

声を発すると同時に、険しかった登和子の表情がゆるんでいく。怒りや疑問を安堵が上回ったかのように、ほうっと大きく息をついた。明らかに強張《こわば》っていた登和子の体から力が抜けて、両肩が大きく下がる。

登和子は気を静めるように、もう一度大きく息をついた。

「お入りなさい」

はなの返事を待たずに、中へ入っていく。

良太が敷居をまたいだ。はなも足を踏み入れる。

土間の向こうに、囲炉裏の間。屋敷の奥へ続く戸の前には、由莉が立っていた。

由莉は目を潤ませて、はなをじっと見つめる。

「お帰りなさいませ――」

震える声でかけられた言葉に、胸が痛んだ。お帰りと、そう言ってもらえる立場ではないのだ。

泣き出す寸前のような由莉の表情に、申し訳なさが募る。やはり、ずいぶんと心配させてしまったようだ。心苦しくて、たまらなくなる。

由莉の眼差《まなざ》しから逃げるように、はなはうつむいた。

「とにかく、お上がりなさい」

登和子の硬い声に顔を上げれば、良太はすでに板間に腰を下ろしていた。

はなは草履を脱いで、良太の隣に並ぶ。

「このたびは、本当に申し訳ございませんでした」

床に手をつき、深々と頭を下げた。隣で上がった衣擦《きぬず》れの音に、ちらりと目だけを向ければ、良太も一緒に低頭していた。

「はなさま、ご自分の行いが周りにどのような作用を及ぼすか、わかっておいでですか？」

登和子の厳しい声が耳の奥に突き刺さる。はなは頭を下げたまま「申し訳ございませんでした」とくり返した。

ふうっと登和子が息をつく。

「申し訳ございませぬが、良太さまにはいったんお引き取りいただきましょう」

顔を上げれば、登和子が毅然《きぜん》と良太を見すえていた。

「当家のほうでも、はなさまからよく事情を聞いておきますので、また改めて——」

「夜にでも、父とともに出直させていただきます」

登和子をさえぎって、良太が口を開いた。

「こたびの件について、結城家からお詫びをせねばなりませぬ」

登和子の顔に動揺が走った。

「結城家からお詫びとは――」

登和子が、はなの顔を見る。

まさか、そんなと言いたげな表情で探るようにはなを見つめたのち、登和子は気を取り直したように凛《りん》と顎《あご》を引いた。

「とにかく、今はいったんお引き取りを願います。弾正さまもいらっしゃるということでしたら、なおのこと、お話は夫が帰りましてから承ります」

「さようならば、これにてごめんつかまつりまする」

良太が一礼して、立ち上がった。弾《はじ》かれたように、はなも立ち上がる。

良太はちらりとはなを見て、小さくうなずくと、足早に表へ出ていった。

はなは板間に突っ立って、何も言えぬまま、その背中をじっと見送る。

二人の別れは、もう二人だけの問題ではない――結城家と伊澤家の、家同士の問題なのだと、今さらながらに改めて思った。

「由莉、それをこちらへ」

登和子の声に、はなは土間の奥の台所へ顔を向けた。淹《い》れた茶を出しそびれた由莉が盆を手にして立っている。

登和子に促され、由莉は湯《ゆ》呑茶碗《のみぢゃわん》を囲炉裏の前に置いた。

「ちょうど、みっつあります。もったいないので飲んでしまいましょう」

と言いながら、登和子はすでに湯呑茶碗を手にしている。由莉も囲炉裏の前に腰を下ろして、茶を飲み始めた。

「はなさま、これを飲み終えたら部屋へ下がっておいでなさい」

疲労を隠さぬ登和子の声が、はなの胸に痛みとなって響く。

「旦那《だんな》さまがお勤めからお戻りになったら、すぐに結城家のみなさまもいらっしゃるでしょう。今のうちに心身を休めておきなさい」

どういうつもりなのかと、この場で問いたださぬのは、登和子の温情か。それとも、はなの考えていることなど聞くまでもなく、登和子にはすべてお見通しなのだろうか。どちらにしても、話は左内が帰宅してから一緒に聞くという姿勢だ。

「はなさま、ぬるくなってしまいましたが、どうぞ」

由莉に声をかけられて、はなは座り直した。

「いただきます」

ぱちぱちと音を立てて燃え盛る囲炉裏の火をぼんやり見つめながら、湯呑茶碗を手にする。ひと口飲めば、渇いた喉《のど》を潤す茶のぬるさが心地よく感じられた。少量の渋みを含んだ濃い茶の甘みが美味《うま》い。

こうして三人で囲炉裏の前に並んでいると、まるで長く疲れる夢を見ていたような気分になってしまうが、昨日と今日の間には明確な一線があった。

はなは華恵《はなえ》にあらず。今も、これからも、永遠に――。


部屋へ下がると、はなは荷物をまとめた。

裁縫道具や鏡など、根岸のご隠居が持たせてくれた物は風呂敷《ふろしき》包みの中へ。百人一首の歌がるたや論語の綴本《とじほん》など、伊澤家から借りた物は文机《ふづくえ》の上へ。由莉が貸してくれた葡萄色《ぶどういろ》の半纏《はんてん》は、丁寧に畳み直して、片づけた布団の脇へ置いた。

伊澤家で学んだことは多く、この半纏を着て部屋でのんびり過ごすことなどそうそうなかったが、部屋にあるだけで由莉の心遣いが身近に感じられ、心が温かくなった。

はなは障子を開けて、裏庭を眺める。

草木の様子は相変わらずきちんと整っていた。

早朝から屋敷の周りを掃き清めながら、不審な点がないか見回ったことが、しみじみと思い出される。落ち葉の異変も見逃さぬよう懸命に目を凝らしていた時は、ただひたすら一刻も早く武家に馴染《なじ》まねばならぬと思い詰めていたのに――。

はなは薙刀《なぎなた》の稽古《けいこ》をしていたほうへ目をやった。

登和子に立ち合い稽古をつけてもらった日のことを思い出す。おのれの中の恐れに打ち勝ち、感情を表に出さぬよう抑えよと教えられた。武家の女が薙刀を振るう理由は、屋敷の防衛だけとは限らず、御家存続のため仇討《あだう》ちをせねばならぬ時もあるのだと説かれた。武家の女は、夫のためにおのれを捨てる。夫を助けることが、御家のためになるのだと——。

「女も、男とともに戦えねばならぬ」と言っていた弾正の声が頭の中によみがえってくる。

はなは、良太とともに戦えなかった。良太を助けて、結城家のために尽くすことができなかった。良太を命懸けで支えるという覚悟を持つよりも、自分が望む生き方を選び取ってしまったのだ。

その結果、みなを裏切ることになった。

弥一郎に言った通り、とことんやって駄目だと思い知らなければ、本当の自分の望みにも気づけなかっただろうが——開き直りに似た感情で、自分の馬鹿さ加減を改めて嚙《か》みしめる。

ただただ、みなに申し訳ない。この心をさらけ出し、平身低頭して詫《わ》びるしかない。

はなは髪に挿していた簪《かんざし》を引き抜いた。

良太から贈られた、花模様の平打ち簪だ。いざという時には、簪の脚の先端で敵の目を突けと、登和子に教えられた。

武家の女の生き方ができなかった身だ。この簪を挿すことは、もうできない――。

良太に返さねばならぬと、はなは思った。

懐に簪を忍ばせて、冷たい風の吹く冬空を仰ぐ。

夜になって良太が再び伊澤家を訪れた際に、返すことができるだろうか。

はなは着物の上から簪をそっと押さえた。

――永遠に、ずっと、おまえを愛する――。

福良の木の下で告げられた言葉が、はなの耳の奥でこだました。

良太の気持ちは、いつか変わってしまうだろう。

はなを愛してくれた心に偽りはないとわかっているが、時の流れはさまざまなものの形を変えていくのだ。

るいを愛した弾正が、るいを忘れずにいながら、良太の母である涼代《すずよ》を妻にしたように――。

そのうち良太も妻を娶《めと》り、子を生《な》して、その者たちを慈しんでいくのだ。きっと良太のことだから、妻子を大事にするだろう。胸の奥に、はなの面影を大事に抱き続けてくれたとしても、それは思い出という名の過去に変わる。悶《もだ》え苦しむほどに相手を想う熱も、時の流れとともに、少しずつ冷めていくのだ。

だが、まだ今だけは——。

はなは着物の上から簪を握りしめた。

今だけは、まだ煮えたぎる熱い想いのままで——。

ちゅんちゅんと、裏庭の奥で鳥が鳴いた。

福良雀だろうかと、はなは思った。

第二話　五目飯

まとめた荷物の前に座り、はなはぼんやりと障子を見つめていた。

先ほどまで障子越しに差し込んでいた夕日の光はすでに消えている。部屋の中に夜《よ》闇《やみ》が入り込まぬよう押し留《とど》めているような、薄ぼんやりとした障子紙の白さが、ただ目についていた。

「はなさま、父上がお呼びです」

襖《ふすま》の向こうから、由莉の遠慮がちな声が響いた。

左内と左之助はもう帰宅したのか——物音に気づかなかった。

「今すぐに参ります」

言いながら立ち上がり、襖を開けた。

「父上は囲炉裏の前でお待ちです」

はなはうなずいて、濃い闇が落ちている廊下を進んだ。

由莉はついてこない。用件を伝えると、すぐに自室へ引っ込んでいった。

左之助も自室にこもっているようだ。部屋の前を通りかかった時に、中でわずかな物音がしていた。

いつもであれば、夕餉《ゆうげ》のため、みな囲炉裏の間に集まっている頃なのに――きっと結城家の訪問を前に、二人とも部屋へ下がっているのだろう。

囲炉裏の間に入れば、左内が胡坐《あぐら》をかいて茶を飲んでいた。その隣では、登和子が居住まいを正している。

「お座りなさい」

登和子に促され、はなは木尻《きじり》に腰を下ろした。主《あるじ》の座である、横座の対面の位置だ。囲炉裏を挟んで二人と向かい合う。

左内は湯呑茶碗《ゆのみぢゃわん》を茶托《ちゃたく》に置くと、両膝《りょうひざ》の上で拳《こぶし》を握り固めた。

「いったい何をやっておるのだ、おまえは！」

鋭い怒声を放たれた。憤りを抑えきれずに咆哮《ほうこう》したような顔つきだ。まるで野獣の棲家《すみか》に足を踏み入れてしまったような緊張が、はなの体に走った。

左内は低い唸《うな》り声を上げて、はなを睨《にら》みつける。武士の心得として、感情を表に出さぬよう日々努めている左内らしからぬ剣幕だ。

「黙っていなくなるとは何事だ！」おまえのために、みながどんな思いをしたと思っておるのだ⁉　いい年をして、何の分別もないのか！」

返す言葉がない――。

はなは床に両手をついて深く頭を下げた。

「本当に、申し訳ございませんでした」

「詫びなど聞きとうないわ！」

はなは床に額をすりつける。

「申し訳ございません……」

それしか言葉が出てこなかった。

「おまえは、我らを蔑《ないがし》ろにしたのだ」

はなは思わず顔を上げた。

「決して、そのような――」

「我らの気持ちを踏みにじったであろう！」

左内は厳しい眼差《まなざ》しで、はなを睨み続けていた。

「登和子は昨夜、一睡もしておらぬのだぞ。何度も布団から抜け出して、戸口を眺めておったわ」

はなは胸を衝《つ》かれた。

「茂吉とて、昨夜遅くまで目黒不動尊周辺を捜し回り、今朝は早くから御薬園近辺を捜し回っておったのだ」

はなの胸が、ずきりと痛んだ。

登和子は夜通しずっと、はなの帰りを待っていてくれたのか。もうすぐ戻るかもしれないと思えば、眠ることもできず、冷え込む夜中に何度も戸口に立って――。茂吉は提灯《ちょうちん》を手にして、夜道を歩き回ってくれたのか。いくら慣れている場所とはいえ、真っ暗な駒場野の道は歩きづらかっただろうに。厳しい寒さに、体もすっかり冷えてしまったことだろう。早朝からまた捜し回ってくれたのであれば、茂吉もろくに寝ていないのではないか。

登和子を見れば、無言で肯定するように、疲れきった顔で目を伏せていた。

「おまえは、我らの気持ちをまったくわかっておらぬ」

ぱちぱちと爆《は》ぜる薪《まき》の音をかき消すように、左内はいまいましげな声を上げた。

「ともに暮らした日々は短いが、我らはおまえを家族だと思っておったのだ。でなければ、あんなに胸が潰《つぶ》れるような思いにはならなかったはずだ」

左内の言葉が、はなの胸を突き刺した。

「おまえは違ったようだがな」

はなは唇を引き結び、必死で首を横に振る。左内が鼻先で笑った。

「では、なぜ何も言わずに出ていった⁉」

はなは答えられない。

伊澤家のみなを軽んじたつもりは毛頭ない。だが、結果として、蔑ろにしたも同然の行いをしてしまったのだ。

「我らはおまえを信じていたが、おまえは我らを信じなかった」

はなは唇を震わせた。

左内の言葉が重く胸の内に沈み込んでいく。

伊澤家のみなを信じなかったことなど断じてない――そう反論したい衝動が湧き起こってきたが、言葉を発することはできなかった。心の底から信じていれば、やはり何も言わずに屋敷を飛び出すことなどなかったのではないだろうかという思いが、自分でも否めない。

武家の女になれぬと悟った時、登和子に胸の内を打ち明けていれば――今後の身の振り方を左内に相談していれば――。

今さら何を申すかと叱られ、責められることはあっても、きっと左内と登和子であれば、はなのためにならぬ真似はしない。まともな間柄であれば、家族の不幸を願う者などいないのだから。

その純粋な心を疑われたと、左内は怒っているのだ。

「どのような境地に達したのであれ、おまえは逃げたのだ」

左内の厳しい声が、はなの耳を刺す。

「おのれから逃げ、我らから逃げ――すべてから逃げた」

はなは膝の上で拳を握り固めた。

「この先どう生きてゆくつもりかは知らぬが、壁にぶつかった時、おまえはまた逃げるであろう。何度も同じことをくり返して、無様な負け犬に成り下がるのだ」

はなは唇を嚙《か》みしめた。首を横に振ることすら、はばかられる。

確かに、はなは逃げたのだ。そこに反論の余地はない。

「人は、誰でも過ちを犯す。だからこそ、過ちはすぐに正さねばならぬのだ」

左内は、はなの目をじっと見つめた。

「まず、何も言わずに出ていったことが、ひとつめの過ちよ。気が高ぶり、突き動かされるままに飛び出してしまったとしても、途中で気づいて、自ら戻ってこねばならなかった」

はなは駒場野の荒野を思い返す。

神田に帰らねばという思いだけで、長い道のりを歩いていた。あと戻りなどできるわけがないという思いで、頭の中はいっぱいだった。

あそこで「伊澤家に戻らねば」と思わなければならなかったのか――。

「飛び出された我らがどうしているかなど、いっさい思い至らず、神田まで辿《たど》り着いてしまったとしても――そこでいったん落ち着いて、考えねばならなかったのだ」

ふたつ目の過ちを握り潰すように、左内は拳を握り固めた。

「ぬくぬくと喜楽屋でひと晩過ごしておる場合ではなかったであろう」

固めた拳で、左内は悔しそうに膝を打つ。

「良太が迎えにいくまで、おまえはいったい何をしておったのだ！」

登和子が左内に体を向けた。

「そうはおっしゃいましても、女一人で夜の駒場野を歩くのは無理でございますよ」

口を挟んだ登和子を、左内が睨みつける。

「わかっておるわ！　おれは、はなの誠意を問うておるのだ」

はなは、ぐっと歯を食い縛った。喉元《のどもと》に熱い痛みが込み上げてくる。

左内がこれほどまでに熱く、多くを語る姿を初めて見た――。

幼い頃の由莉が高熱を出した時でさえ、感情を表に出さなかったという左内が今、はなの前で怒りをあらわにしている。

それほど激高させてしまったのだと、はなは深く自覚した。

左内の真心を、はなは裏切ってしまったのだ。

そして傷つけた。

はなは両手を床について、左内の目をじっと見つめた。

「本当に、あたしは馬鹿でした。申し訳ございません――」

額を床に押し当てて詫《わ》びる。

誠意を示す方法が、他に見当たらない。

何をどうすれば許してもらえるのか――許してもらえずとも、どうしたら誠意をわかってもらえるのか、はなには見当がつかなかった。

深々と頭を下げながら、はなは喉元に込み上げてくる嗚咽《おえつ》を必死でこらえる。目から溢《あふ》れてくる涙だけは止められない。

自分の気持ちを通すことだけしか考えられず、周りを見ることができなくなっていた自分が恥ずかしい。

自分一人で生きているわけではないのに。周りの人々の温情によって、これまで生かされてきたというのに。いつの間に、自分一人で生きているような気になってしまっていたのか――。

ちゃんと周りが見えていれば、こんなにも左内たちを振り回さずに済んだはずだ。駒場へ行ったことを悔いたりはしないと弥一郎に言いきったが、もっと悔いるべきだったのかもしれないと、はなは今さらながらに思った。

こうなる前に悔いて、悔いて、猛省すべきだったのだ。

とことんやって、本当にもう駄目だと思い知らなければ、踏ん切りなんてつけられない――それは事実だろうが、はなは踏ん切りのつけ方を間違えた。

やはり黙って飛び出さずに、きちんと筋を通すべきだったのだ。

突き動かされるままに振る舞うことと、正直であることは、似て非なるもの。魂の叫びを無視することなく、周囲を納得させる方法を見つけるべきだったのだ。

周りの者を納得させられぬままでは、きっと夢はつかめない。美味《おい》しい料理で客を笑顔にしたいのに、誠意ある生き方ができなくてどうする。不誠実な生き方をしていれば、それは絶対、働き方に表れてしまう。

はなの頭の中に、喜楽屋の教えがよみがえる。

料理には、料理人の気が注がれる。だから調理場に入る時は、いつも心を晴らしておけ――。

料理には、生き方が出るのだ。はなが料理人であろうとなかろうと関係ない。人の口に入る物に関わる以上、いい加減な態度は許されないのだ。

料理には、料理に触れる者の気が注がれる。だから客のもとへ運ぶ時は、いつも心を晴らしておかなければならない――。

客を笑顔にしたいのであれば、まず自分自身が笑顔にならなければ駄目なのだ。

はなの頭の中を、両親の遺言が駆け巡る。

嬉《うれ》しい時も、悲しい時も、どんな時でも笑っていろ。笑いながら不幸になるやつなんかいない。満開の花のように笑っていれば、いつか必ず幸せになれるから。笑えば、きっと福がくる――。

はなは頭を下げたまま、床の上で両手の拳《こぶし》を震わせた。

教えられてきた生き方を、いついかなる時も守るべきだった――。

もう二度と取り戻せないのか。

再び目指すことは叶《かな》わないのか。

間違えてしまった道は、永遠にそれたままなのか。

「人は、誰でも過ちを犯す――先ほど、旦那《だんな》さまはそうおっしゃいました」

登和子の声が静かに響いた。

「だからこそ、過ちはすぐに正さねばならぬのだと――間違いございませんわね？」

左内が短く唸《うな》る。

「では、はなさまの過ちも早急に正さねばなりませぬ。これ以上の猶予はなりませぬよ。――はなさま、顔をお上げなさい」

涙に濡《ぬ》れた顔を躊躇《ちゅうちょ》しながら上げれば、登和子が鷹揚《おうよう》にうなずいた。

「昨日この屋敷を出た時、何を考えておいででしたか？」

強い眼差《まなざ》しでまっすぐに見すえられ、はなは背筋を伸ばした。

「やっぱり武家には入れないと思いました。伊澤家の養女にしていただけることになって、とても嬉しかったのは本当ですが――でも、それと同時に、料理に関わる仕事への未練が募ってしまったのです」

嘘偽りのない言葉で、はなは語った。

「登和子さまに教えていただいたことをやればやるほど、本当にやりたいことが見えてきてしまいました。良太さんと一緒になりたい一心で、今まで頑張ってきましたが――心の奥底にあった本当の望みは、店でお客さんたちに美味しい料理を出し続けていくことだったんです」

登和子は黙って、はなの目をじっと見ている。はなは登和子の目をしっかりと見つめ返した。

「登和子さまに貸していただいた『論語』の書き下し文と訳を読んで、いろいろなことを考えました。知ることよりも、好きなことのほうが上で、好きなことよりも、楽しむことのほうが上だという内容に触れた時、あたしは喜楽屋を思い出しました」

はなは声に力を込めて言いきった。

「あたしは、美味しい物を食べたお客さんたちが笑顔になってくれる瞬間が、何よりも好きだったんです。お客さんたちと接して、お客さんたちに料理を出すことが、何よりも楽しかったんです」

登和子は顎《あご》を引いて、試すような目つきになった。

「結城家へ嫁ぐため、あれほど懸命に努力を重ねてきたのですよ。正直に申せば、惜しいとしか言いようがありませぬ。わたくしは、あなたならば立派に武家でやってゆけると信じておりました。わたくしが教えたことも、ほとんどできるようになったではありませぬか。それをすべて捨てて、後悔なさいませぬか？」

畳みかけるように、登和子は続ける。

「一心に夢見ていた良太さまとの未来を、本当に捨てられるのですか？　幸せは、もうすぐそこまで迫っていたのですよ。今ならまだ、やり直せます」

　はなは口角を引き上げながら首を横に振った。

「やり直すために、あたしは良太さんと別れるんです」

　登和子が息を呑《の》む。はなは本心を告げた。

「思い描いていた夢の形が違うと気づいてしまったからこそ、あたしは生き直そうと思ったんです。今なら、まだ間に合うんじゃないかと思って——自分の求める幸せを、追いかけたいと思って——」

　登和子が深いため息をつく。

「百人一首や、薙刀《なぎなた》——武家の心得を学べば学ぶほど、はなさまの心は武家から離れていたなんて——」

　はなの奮闘ぶりを振り返るように、登和子は宙を眺めた。

「はなさまが人生を懸けた真の望みに気づけたこと——その一大事のきっかけになったのであれば、はなさまが当家で過ごした日々も決して無駄ではなかったと信じたい……」

　はなは両手を床について身を乗り出した。

「無駄なことなど、何ひとつございませんでした。登和子さまに教えていただいたことは、すべて、あたしにとっての宝です。養女にすると言っていただいた時、身寄りのないあたしに新しい家族ができるんだと思って、本当にものすごく嬉しかったんです。厳しいご指導も、身内と思ってくださったお心の表れだと、ちゃんとわかっておりました」

　囲炉裏の炎の向こうで、登和子が微笑む。

「家族のために食事を作るのでは駄目なのですね？　あくまでも料理を商売にしたいのですね？」

「はい」

　念を押す登和子に、はなは即答した。

「年老いて、足腰立たなくなるまで、ずっと仕事にしていきたいと思っています」

　登和子はあきらめたような表情でうなずいた。

「目黒不動尊門前の料理屋で、はなさまが料理屋の娘に声をかけてやった時のことを思い出します」

　あの日、料理屋の娘は不慣れな接客に右往左往していた。見かねたはなが声をかけ、落ち着かせて、励ましたのだった。

「きびきびと娘に指示を出すはなさまの姿を、わたくしは頼もしい思いで眺めておりました。いずれ下男や下女を使う立場となった時に、しっかり指図できると思ったのです。はなさまが百姓の出だからといって、奉公人に侮られることがあってはなりませぬゆえ」

儚《はかな》い幻を見つめるように、登和子は目を細める。

「はなさまは、よい女主《あるじ》になると思いましたよ。料理屋の娘や、居合わせた客たちに見せた優しい心遣いには、本当に感心いたしました。弱き者に対する思いやりを忘れなければ、きっと奉公人に慕われるご新造になると思ったのです」

思い描いた幻をまぶたの裏に刻みつけるように、登和子は瞑目《めいもく》した。

「なれど今思えば、あの生き生きとした姿は、れっきとした商売人の姿――」

登和子は目を開けて、はなをじっと見つめる。

「店の隅々まで目を行き届かせ、客の一人一人に気を配る――喜楽屋でも、あのように活気に満ちて、日々働いていたのでしょうね」

はなの頬を涙が伝う。

「はい――」

手の平で涙を拭《ぬぐ》い、はなは微笑んだ。

「喜んで、楽しく食事ができる場所――喜楽屋は、まさに、あたしが目指すべき場所なんです」

良太を追って江戸へ出なければ、決して辿《たど》り着けなかった場所でもある。

出会いも、別れも、人生には無駄なことなど何ひとつないのかもしれないと、はなはつくづく思った。

人生は悲喜こもごもだ。どんな時でも笑えと言いつつ、涙も知っているからこそ、きっと人の痛みに寄り添える。つらい時を味わっているからこそ、悲しみに暮れながらも食事のため店を訪れる客たちに、優しい笑みを向けられるのではないだろうか。

はなは祈るように両手を握り合わせた。

人々が笑顔でいられるための食事を、この手で——。

もしも誰かの救いになれる場所を築けたら、それは、ものすごいことではないだろうか。

ふと、左内が内玄関のほうへ顔を向けた。立ち上がり、戸口まで歩いていく。

左内が大きく戸を引き開ければ、屋敷へ向かってくる弾正の姿が見えた。そのすぐ後ろには良太が、さらに後ろには涼代が続いている。

三人は敷居の向こうに並んで深々と頭を下げた。

「このたびは誠に申し訳なかった」

弾正の苦しげな声が響く。

「はなの本心を見抜けなかった、おれの咎《とが》だ。伊澤家には多大な迷惑をかけた」

「頭を上げて、中へ入ってくれ」

だが三人は微動だにしない。左内がため息をついた。

「いつまでもそうされていると、戸を閉められなくて困るのだがな」

左内が弾正の肩を叩《たた》いた。

「今が一番迷惑だぞ。早く中へ入れ」

弾正がゆっくりと身を起こした。続いて涼代が、最後に良太が頭を上げる。

左内は囲炉裏の前に戻ると、客座を指し示した。

「座れ」

弾正は躊躇《ちゅうちょ》したような顔をしながらも、草履を脱いで左内の近くに腰を下ろした。

良太に促され、涼代は弾正の隣に座る。良太は、はなの隣で居住まいを正した。

三人は改めて、左内と登和子に向かって頭を下げる。

「このたびは誠に申し訳なかった」

くり返す弾正に、左内は渋面を作る。

「平身低頭ばかりされても困るぞ。はなは当家で預かった者だ。しかも昨日の一件は、当家の中で起こったこと。むしろ謝罪せねばならぬのは、こちらのほうではないのか」

弾正は顔を上げた。

「いや、それは違う。はなの性分を見誤り、養女にしてほしいと頼んだ、おれが悪い。はなは武家の女にはなれぬと、もっと早くに気づくべきだったのだ」

弾正は再び深々と頭を下げる。

「申し訳ないとしか言いようがない」

涼代と良太も低頭し続けている。

はなは思わず胸を押さえた。苦しくて、息が上手《うま》くできなくなる。

自分のせいで、弾正たちが頭を下げ続けている――左内も、自分の家で起こった不祥事だと言っている。

誰も悪くはないのに――悪いのは、はなだけなのに――それなのに、みなが自分の咎だと主張し合っている。

はなは首を横に振った。

「やめてください。すべて、あたしのせいです」

両手を床について頭を下げる。この場にいる全員に詫《わ》びねばならぬと思うが、どこに向かって頭を下げたらよいのかわからない。端から順に体を向けて頭を下げればよいのか——だが、それでは、体を押さえられるとしきりに頭を動かす米搗《こめつ》き虫のように見えて、ただむやみやたらに頭を下げているだけだと思われないだろうか——。

はなは身動きできずに、その場でじっと頭を下げ続けた。

「本当に、申し訳ございません——悪いのは、あたし一人です——」

「それは違います」

良太が隣で声を上げた。

「もとはと言えば、はなを振り回し続けたおれが悪いのです」

両手を床について頭を下げたまま顔を向ければ、良太が毅然《きぜん》と背筋を伸ばしていた。

「追い求めてくれたはなに甘え、おれは、はなにだけ苦労を強いました。その結果が、これです」

良太は左内に向かって改めて両手をついた。

「あげくの果てには伊澤家のみなさまも振り回してしまい、誠に申し訳ございませんでした」

左内が「ふん」と声を上げる。

「このままでは、らちが明かぬな」

左内は一同を見回した。

「これ以上の謝罪は無用だ。頭を上げてくれ。――我らとて、はなを身内と思っておるのだぞ」

弾正と涼代が身を起こして、左内に向き直る。良太も居住まいを正して、左内を見つめた。

登和子が立ち上がり、土間の奥の台所へ向かう。人数分の茶を淹《い》れると、ゆったりした足取りで戻ってきた。

「どうぞ」

微苦笑を浮かべながら、各自の前に茶を置いていく。

はなの前に茶を置いた時、登和子が顔を覗《のぞ》き込んできた。励ますように、うなずかれる。

左内が茶をひと口飲んで、大きく息をついた。

「はなは武家に入らず、この先ずっと料理屋で働いて生きていくそうだ」

良太が膝《ひざ》の上で、ぐっと拳《こぶし》を握り固める。そっと横顔を窺《うかが》えば、はなとの別れを噛《か》みしめるように目を閉じていた。

弾正が、はなに顔を向ける。

「喜楽屋へ戻るのか？」

はなは口角を引き上げて、弾正を見つめ返した。

「いいえ。いったん出た身です。もう喜楽屋へ戻ることはできません」

良太が驚いたように、はなを見る。弾正が目を細めて唸《うな》った。

「では、この先どうするつもりだ？」

「別の働き口を探します。堺屋のご隠居、忠兵衛さまが、しばらくの間の落ち着き先を世話してくださることになっています」

弾正は顎《あご》に手を当て目を伏せる。

「根岸の隠居であれば、決して悪いようにはせぬであろうな」

弾正は、はなに目を戻した。

「悔いはせぬのだな？」

「はい」

良太の視線を感じながら、はなはまっすぐに弾正の目を見て答えた。

「喜んで、楽しく食事ができる場所を築き上げていきたいと思います。お客さんたちの『美味《おい》しい』という声を聞き、お客さんたちの笑顔を見ていることが、あたしの生き甲斐《がい》だと気づきました」

弾正の目が、わずかに揺れた。

「そうか……」

弾正の隣では、涼代が複雑な表情で囲炉裏の炎を見つめている。まるで待ち望んでいた未来が燃えていくのを見守っているかのようだ。

登和子が気遣わしげな目を涼代に向けた。

「わたくし、よけいな真似をしてしまったでしょうか……？」

涼代は我に返ったように顔を上げた。登和子は申し訳なさそうにうなだれる。

「文など書かねばよかったのやもしれませぬ」

涼代は微笑みを浮かべて首を横に振った。

「登和子さまにいただいた文のおかげで、わたくしは過去を乗り越えることができたのかもしれませぬ」

登和子は首をかしげながら涼代に顔を向けた。涼代は笑みを深めて、ちらりと弾正を見やる。

「登和子さまもご存じの通り、かつて弾正さまは町の女子《おなご》と情けを交わしておいででした」

弾正が、ぐっと息を詰まらせる。涼代は澄まし顔で続けた。

「はなさんを結城家へ迎え入れると聞いた時、わたくしは弾正さまの過去を思い出しました。そして、もし、かつて弾正さまと思い合っていた女子が武家の養女となり、結城家へ嫁いでいたら――今頃わたくしはどうしていただろうか――などと思ったりしたのです」

弾正はうろたえたように目をさまよわせた。

「何を申しておるのだ。『もし』などということは、断じてない」

「はい」

涼代はあっさりとうなずく。

「わかっております。生き方が違ったのでございますよね」

涼代は優しく目を細めて、はなを見た。

「なれど、はなさんとは、ともに生きられると期待しておりました」

はなは息を呑《の》む。

「登和子さまから文をいただき、あなたがどれだけ必死で武家に馴染《なじ》もうとしていたか、知らせていただいていたのですよ」

　はなは登和子を見た。慈愛に満ちた登和子の眼差《まなざ》しが、はなを包み込む。

「箏《こと》も懸命に覚えようとしていたそうですね」

　涼代の指が膝の上で小さく動く。まるで箏の弦を弾いているかのように。

「いつか、ともに箏を奏でる日がくるだろうと思っておりました」

　涼代の指が、ぴたりと止まる。

「百人一首や裁縫、薙刀《なぎなた》に『論語』まで――慣れぬ学びを毎日くり返し、見る見るうちに向上して――その奮闘ぶりが細やかに記された文を読んでいるうちに、わたくしは誇らしくなっておりました。いつの間にか、実の子の手習いの上達を見守っているような心地になって――」

　我が子を慈しむような眼差しで、はなをじっと見つめ、涼代は笑った。

「あなたの頑張りは、心のどこかで長年の間わだかまり続けていたわたくしの憂いを溶かしてくれました。はなさんの姿に、弾正さまが過去の女子を思い出しているのではないかという疑念など、どうでもよくなっていたのです」

　痛みをこらえるように、涼代の笑みが小さくゆがむ。

「ともに箏を奏でられる日がくることを、本当に楽しみにしておりましたのよ」

はなは喉《のど》を押さえて声をしぼり出した。

「あたし――あたしも――」

声を震わせながら、潤む目で懸命に涼代を見つめる。

「いつか一緒に箏を弾けるようになれたらいいなと思って、一生懸命、稽古《けいこ》をしていました。涼代さまは、箏が大変お上手だと聞いたので――」

涼代がうなずく。

「だけど、ごめんなさい――良太さんと一緒になるためなら、どんな苦労もできると思っていたのに――絶対に武家の女になってみせると思っていたのに――あたしは――」

はなは両手を床について、ぐらつきそうになる体を支えた。

「あたしは、やっぱり、ただの『はな』でした。伊澤家の養女の『華恵』にはなれませんでした。『はな』は『はな』のままで――自分らしく咲ける場所にしっかりと根を張って、生きていきたいんです」

ぽたぽたと涙が床に落ちる。

みな押し黙っていた。

囲炉裏の薪《まき》の爆《は》ぜる音だけが辺りに響いている。

しばらくして、左内のため息が沈黙を破った。

「はなを養女にする件は、破談だ」

弾正がうなずいて、良太を見た。

「はなを結城家へ迎え入れることは叶《かな》わぬ。よいな？」

良太は床に手をつき頭を下げた。

「承知しております」

はなにも言い聞かせるように、弾正は続ける。

「良太は結城家の跡継ぎだ。家のために生きられぬのであれば、勘当するしかないぞ」

「はい――」

「当家に、子は一人だ。おまえの勘当は、すなわち、御家断絶へ繋《つな》がるのだぞ」

「心得ております」

良太は身を起こすと、真正面から弾正に向かい合った。

「はなを結城家の嫁にすることはあきらめます」

良太の明瞭《めいりょう》な声が、はなの胸に突き刺さる。

これで本当に終わった――。

頭の中が真っ白になる。

流れていく時の中で、自分だけ身動きの取れぬような感覚に陥っていく。

息の仕方を忘れてしまいそうだ。

もがくように息を吸い込んで、はなは唇をぎゅっと引き結ぶ。

もう二度と、良太と同じ場所で息をすることもない——その最後の瞬間を体の中に溜《た》め込もうとするように、はなは息を詰めた。

だが、しばらくすると、こらえきれずに吐き出してしまう。

吸って、吐いて、何度も呼吸をくり返していると、頭の中がぱんと張って、胸が苦しくなった。上手《うま》く息が吸えなくなってくる。ちゃんと息を吸おうと必死になればなるほど、全身が苦しくなった。ひぃひぃと呼吸が乱れて、取り乱してしまいそうだ。

落ち着け——。

はなは自分に言い聞かせた。

どんなに苦しくたって、こんなことで死にはしない。

大丈夫。

今この時を何とかやり過ごせば、息なんてまた吸えるようになる。

苦しいのは自業自得だ。耐えるしかない。

はなは胸に手を当て、呼吸を整えようと努めた。

ああ、いつだったか、同じように息が苦しくなった時に、おせいがとんとん背中を叩《たた》いてくれたことがあったと思い出す。

――はなちゃん、ゆっくり息を吐いて――吐き切ってから、吸うのよ――。

そうだ、吐き切ってから吸うのだ。

はなは人差し指でゆっくりと小さく胸を叩きながら、息を吐き出した。長く、長く、体の中に残っている息をすべて吐き出すように、口の外へ押し出した。これ以上もう吐き出せないというところまで、体の中から息を押し出す。

次に息を吸った時には、これまでより少し深く体の中に息が入ってきたような気がした。

はなは再び息を吐き出す。みなの目をはばかって、なるべく目立たぬよう静かに、けれど大きく息を吐き出した。

次に吸った息は、さらに体の奥深くまで入り込んできた気がした。

そうして深い呼吸をくり返しているうちに、体が楽になってきた。

体が楽になってくると、心も楽になってくる。

ほんの少しだけ冷静さを取り戻して、はなは居住まいを正した。

これが今生の別れだと、良太の顔を見つめる。

良太はまっすぐに、はなを見ていた。

目を合わせ、言葉もなく、別れの瞬間を迎える。

さようなら——。

唇を引き結んで胸の内で呟《つぶや》き、はなは口角を引き上げた。

出会えてよかった——。

はなと目を合わせたまま、良太がうなずく。

「では、行くぞ」

弾正が立ち上がった。涼代も一礼して立ち上がる。

良太は床に手をつき、左内と登和子に向かってもう一度深々と頭を下げてから、立ち上がった。

去っていく三人の後ろ姿を見送るはなの胸に痛みが走る。思わず胸を押さえて、懐に忍ばせていた簪《かんざし》を思い出した。

返さねば——。

慌てて立ち上がり、戸口へ走る。

「あの」

門へ向かっていた三人が一斉に振り返った。

「簪を――」

取り出そうと懐に手を入れれば、良太に素早く制された。

今にも触れそうなほど懐の近くに手をかざされて、はなは動きを止める。

「持っていてくれ。いらなければ、捨ててくれていい」

はなが何も言い返せぬうちに、良太は背を向けて歩いていく。

弾正、涼代、良太の後ろ姿が見えなくなるまで、はなはただ戸口に突っ立っていた。

一生に一度、これが最後の恋ならば、身も心も焼きつくして悔いはないと思っていた恋が終わった。

この恋が叶わぬならば、いっそ跡形もなく燃えつきて灰になり、風に飛ばされて消えればいいと思っていたのに――はなは今こうして、ここに立っている。冬の冷たい夜風に吹かれても、消えたりはしない。

三人の姿が見えなくなったあとの夜闇《よやみ》には星が瞬いている。

北のひとつ星も探さずに、はなはただ良太が去っていった方向を見つめていた。

懐にしまったままの簪が、ずしりと重く感じられた。

板間に戻れば、登和子が湯呑茶碗《ゆのみぢゃわん》を片づけていた。

「遅くなりましたが、夕餉《ゆうげ》にいたしましょう。由莉を呼んできてください」

「はい」

部屋の前に行き、閉じた襖《ふすま》の外から声をかければ、すぐに由莉が顔を出した。

気遣わしげな目を向けられ、微笑んでみせれば、由莉も笑みを浮かべる。

「あたしのせいで遅くなってしまい申し訳ございませんが、夕餉の支度を始めるそうです」

「はい」

由莉とともに台所へ入れば、登和子が味噌汁《みそしる》を温めていた。鍋《なべ》の中を見れば、具は大根と、大根の葉だった。

「今年の大根は本当に出来がよくて――」

いつもの団欒《だんらん》と何ひとつ変わらぬような口調で、登和子が言う。

「我が家の大根をしっかりと味わっていってください」

「はい――」

はなの頭の中に、伊澤家の菜園が浮かぶ。

青々と茂る大根の葉、よく耕された土――。

はなは改めて鍋の中に目を凝らす。登和子と由莉と茂吉が丹精込めて育てた大根が、味噌汁の中にたっぷりと入っている。

もうもうと鍋から立ち昇る湯気が身も心も温めてくれるようだ。漂ってくる味噌の香りに食欲がそそられる。

「由莉、味噌汁をよそいなさい」

「はい」

味噌汁を由莉に任せると、登和子は大きなお櫃《ひつ》の蓋《ふた》を開けた。

五目飯が入っている。

「本日は夕餉が遅くなるかと思い、さっと食べられるよう、すでに支度をしておりました」

はなが部屋へ下がっている間に作っていたのだろう。人参《にんじん》、椎茸《しいたけ》、牛蒡《ごぼう》、こんにゃく、油揚げが、白飯に混ぜ込まれていた。江戸の世の五目飯は、白飯に具を混ぜ込んで澄まし汁をかけたものである。

登和子は飯茶碗に五目飯をよそうと、温めた澄まし汁をかけた。

「お運びいたします」

申し出れば、登和子がうなずいた。

五目飯と味噌汁を載せた銘々膳《ぜん》を板間に運んでいく。左内と左之助はいつもと変わらぬ表情で着席していた。

伊澤家で過ごす、最後の夜である。感謝の心を込めて、丁寧に、膳を置いた。

みなが着席すると、左内が箸《はし》を手にする。それを合図に、みなも一斉に箸を持った。はなも箸を手にして、食事を進める。

味噌汁をひと口飲めば、大根の旨《うま》みが溶け込んだ味噌の甘さが口の中に広がった。汁の熱さが喉《のど》を通って胸の中に落ち、腹の底に沈んでいく。

短冊切りにされた大根を噛《か》めば、味噌汁をたっぷり吸い込んだ大根の甘みが全身を駆け巡った。

伊澤家で作られた大根の味を、はなは噛みしめ、じっくりと味わう。

この大根には、登和子、由莉、茂吉の心がこもっている――。

三人が、家族のために育てた作物なのだ。

やわらかく煮えた大根の葉を噛みしめて、はなは目を閉じた。

伊澤家の畑と鎌倉の畑、そして喜楽屋が頭の中で重なり合う。

はなにとって大根は、とても馴染《なじ》み深い青物だ。この先どこでどんな大根を食べても、きっと伊澤家と鎌倉と喜楽屋を思い出すだろう。

はなは目を開けて、五目飯を口に運んだ。

醤油《しょうゆ》と塩で控えめに味つけされた鰹出汁《かつおだし》の香りが口の中にふんわりと広がる。澄まし汁は、具の味を邪魔しない濃さで、優しく包み込むように五目飯に染みていた。

味つけされている五種の具は均等に白飯に混ぜ込まれており、何度噛んでも過不足ない噛み心地だった。味つけされた具の隙間から、白飯の甘みもしっかり伝わってくる。

由莉が膳の上の飯茶碗を見つめながら、口角を引き上げた。

「五目飯には数種の具を混ぜ込みますが——本日は、ちょうど五種——この場の人数と同じですわね」

はなの顔に目を移して、由莉はにっこり笑った。

「五目の五は、家族の五——まさに『集め飯』ですね」

五目飯は「集め飯」とも呼ばれていた。

「はなさまは、母上の遠縁ということになっております」

いたずらっ子のように目を細めて、由莉は笑みを深めた。

「はなさまがこの家を去ったあとも、駒場のみなさまに対しては遠縁のままでございましょう？」

左内が、ふっと口元に笑みを浮かべた。

「隣近所には遠縁として広めてあるのだ。その点に関しては、このまま話を通すしかあるまい。でなければ、当家が無用な嘘をついたことになってしまうからな」

我が意を得たりと言わんばかりの得意顔で、由莉は大きくうなずいた。

「わたくしたちの中でも、ずっと身内ですものね！」

左之助が笑顔で同意する。

「同じ屋根の下に住み、同じ釜《かま》の飯を食った仲だからな」

左内も登和子も否定しない。黙って微笑んでいる。

思いがけぬ展開に、はなは戸惑った。

「でも、あたしは――」

「血の繋《つな》がりなど関係ございませんわ！ 兄上がおっしゃった通り、短い間といえど、同じ屋根の下に暮らして、同じ釜のご飯を食べた間柄ではございませんか」

由莉は身を乗り出して、登和子を見た。

「本日の夕餉を五目飯になさったのは、この先もずっと、はなさまを家族と思われる母上のお心の表れではございませぬか？　血など繋がらずとも、ひとつ屋根の下に再び集まった家族の最後の夕餉を、五種の『集め飯』になさりたかったのではございませぬか？」

　いたずらがばれた子供のように、登和子は閉じた口から「ふふふ」と声を漏らして笑った。

「ちょうど五種の具材がありましたからね。人数と同じ数とは――まあ、こじつけですが――」

　しかし、よい思いつきであったと言いたげな含み笑いである。

「登和子さま……」

　はなは潤む目で登和子を見つめた。はなの目を見つめ返して、登和子が鷹揚《おうよう》にうなずく。

「血の違いも、身分の違いも、五目飯と同様に、混ぜ合わせてしまえばわかりませぬ。由莉と左之助の申した通り、ひとつ場所で暮らしていたわたくしたちの間に隔たりはなかったはずですよ。あなたを養女と認めた時、すでに心は家族だったのです」

　登和子は同意を求めるように、左内へ目を移した。左内は微苦笑を浮かべて膳の上に箸を置く。

「一度身内となった者は、永遠に身内だ。離れに暮らす茂吉とて身内なのだから、はなが身内であってはならぬという道理はないな」

はなの目から涙が溢《あふ》れた。

「あたし――伊澤家のみなさまとは、もう縁が切れるとばかり――」

左内は、ふんと鼻を鳴らす。

「婚家ではないのだ。離縁もない。そもそも、ご公儀の法に則《のっと》った間柄ではないしな」

左之助が、にっと口角を引き上げる。

「この先どこにどう離れて暮らしても、我らの心次第ということでございますな」

左内が試すように、はなを見た。

「心というものはもろいが、時に、思ってもみないほど強い力を発揮することがある。おまえも進むべき道を決めたのならば、悔いぬ人生を歩んでみせろ」

はなは左内の目を力強く見つめ返す。

「はい。必ず――」

左内は満足そうにうなずいた。

伊澤家のみなの温かい眼差《まなざ》しが、はなに注がれる。はなの胸が、じんわりと熱を帯びた。頬を伝う涙も熱く感じる。

鎌倉の村と、喜楽屋と、そして伊澤家——はなは、みっつの故郷を得た心地になった。

次の新天地がどこかわからないが、思い出す故郷がみっつもあれば、きっと、どんな境遇になっても耐えられる。

はなは空になった飯茶碗《めしぢゃわん》を見つめた。

心はもろいが、思ってもみないほど強い力を発揮することがあるという左内の言葉を、胸の内で反芻《はんすう》する。

それはまるで五目飯のように、さまざまな人の心が集まった時に発揮される力ではないだろうか。たとえ離れていても、心が寄り添っていると感じる時、心と体の奥底から力がみなぎってくるのではないだろうか。

囲炉裏の炎が揺らめいて、はなの心を温かく照らす。

はなの胸の奥で、消えたはずの竹灯籠《たけどうろう》の明りが一瞬ちらりと瞬いた。

囲炉裏の炎をじっと見つめて、はなは竹灯籠の幻影を胸の中から追い出そうと努める。この先思い出す火明りは、今こうして五人で眺めている炎だけにしなければならぬと、強く自分に言い聞かせた。

今夜は伊澤家に泊まり、明日の朝、茂吉が荷物を背負って日本橋の堺屋まで送ってくれる運びとなった。

しばらくの間の落ち着き先を今日までに考えておくと言ってくれた、根岸のご隠居を頼らせてもらうことにする。はながご隠居を待たずに伊澤家へ来た事情は、おせいが話してくれているだろう。

布団を敷き、夜着にくるまりながら、はなは真っ暗な室内に目を凝らした。

短い間ではあったが、自室として寝起きしていた部屋だ。明りがなくて見えずとも、どこに何があるのかはわかる。

はなは文机《ふづくえ》のほうに顔を向けた。暗闇の中で見えないが、綴本《とじほん》が載っている。

武家のご新造になるのであれば、さまざまな修養を身につけねばならぬと思っていたが、まさか自分が『論語』まで学ぶとは思わなかった。

人生は、思いもよらぬ方向へ流れていく——いや、思いもしなかった方向へ自ら踏み出していく時があるのだ。

はなは目を閉じた。

喜楽屋や伊澤家での経験を今後の糧にして生きていかねばならぬ。

楽観ばかりもできないが、悲観していても仕方ない。不安を募らせれば、悪い出来事を引き寄せてしまいそうだ。

楽しかった日々に思いを馳《は》せながら、はなは眠りについた。

登和子と由莉と台所で料理をした場面や、おせいと一緒に風呂吹《ふろふ》き大根の仕込みをした場面などを頭に思い浮かべる。

けれど眠りの真っ暗闇に落ちていく寸前、頭をよぎったのは、やはり良太の笑顔だった。


ピーッと鷹《たか》の鳴き声が聞こえた気がして、はなは目覚めた。

駒場で迎える最後の朝だ。

身支度を整えて台所へ向かえば、すでに登和子と由莉が朝餉《あさげ》の支度を始めていた。

「遅くなって申し訳ございません」

登和子が優しく微笑む。

「わたくしが、いつもより早かったのです」

由莉は恥ずかしそうな笑みを浮かべた。

「わたくしは、つい先ほど参ったばかりです。台所に入っただけで、まだ何もしておりません」

登和子がしゃもじを由莉に差し出した。

「では、ご飯をよそいなさい」

「はい」

登和子は、はなに向き直った。

「はなさまは、味《み》噌《そ》汁《しる》をよそってください」

「はい」

はなは玉杓子《たまじゃくし》を手にして鍋《なべ》の前に立つ。

今朝は大根とわかめの味噌汁だ。伊澤家の大根を食べるのも今日が最後だと、少々しんみりした気持ちになりながら、椀《わん》に味噌汁をよそっていく。左内と左之助が囲炉裏の前に着席した。はなは由莉とともに膳《ぜん》を運んでいく。膳の上には、白飯、大根とわかめの味噌汁、香の物、椎茸《しいたけ》の煮しめが並んでいる。みなが座ると、左内が箸《はし》を手にした。それを合図に、食事が始まる。

味噌汁を飲めば、大根の旨《うま》みが染み出た「伊澤家の味」が口の中に広がった。具の大根はもちろん、しっかりとした青物の甘みを放っている。

白飯の甘みも心地よい。登和子はいつも、きっちりと同じやわらかさで米を炊き上げる。

香の物は、大根の浅漬けだ。ほどよい塩加減が大根の味を引き立てている。

椎茸の煮しめも醤油《しょうゆ》の加減がちょうどいい。椎茸の旨みをしっとりと包み込んでいる。

囲炉裏の炎が優しく揺らめく前で、はなは伊澤家の素朴な食事を嚙《か》みしめた。

下級武士の家の質素な食事ながら、家族を思いやる心のこもった温かい膳は、この先もずっと忘れない。

はなが将来どんな料理屋で働くことになるとしても、どんな豪華な料理を出すことになるとしても、大切な食事風景として心に残り続けるだろう。

食事が終わると、茂吉が勝手口に現れた。

「日本橋の駿河町《するがちょう》にある小間物屋、堺屋の使いだという者が参っておりますが――」

左内が眉《まゆ》をひそめた。

「通せ」

茂吉が後ろを振り返る。促されて前へ出たのは、根岸のご隠居の供である冬馬だった。

「突然お邪魔をいたしまして、申し訳ございません。主《あるじ》の堺屋忠兵衛より、文を預かってまいりました」

冬馬が懐から文を取り出す。茂吉が受け取って、板間の前まで運んでくる。

左内が立ち上がり、うやうやしく差し出された文を手にした。広げて一読すると、左内は小さな唸《うな》り声を上げる。

「抜かりないな」

左内は、はなに向き直った。

「冬馬と申すその者が、おまえを駿河町まで連れていく。堺屋が、おまえを引き取るそうだ」

「堺屋さんが、あたしを――?」

はなは思わず冬馬を見た。冬馬は訳知り顔で、控えめな声を出した。

「料理屋の奉公先が見つかるまでの間と伺っております」

左内は文を畳みながら冬馬を見た。

「そのように書いてあった。はなに合うと思える料理屋が、まだ見つからぬゆえ、しばらくの間は堺屋の台所で働かせるつもりだとな」

左内は、はなに目を戻す。

「不満はあるまいな？」

「ございません」

はなは即答する。

「あたしのために熟考していただき、ありがたく思っております」

「うむ。いい加減なところへはおまえをやれぬと、忠兵衛は考えておるようだな」

茂吉がおずおずと口を開く。

「わしが、はなさまを駿河町までお送りすると思っておりましたが――それでは、ここでお別れでございますので？」

左内の眉間《みけん》に小さなしわが寄った。

「もし、よそ者の姿を見かけたと言ってくる者がいたら、登和子の遠縁の家の下男だと答えておけ。さすれば、しばらく預かっていたはなを迎えに参ったのだと合点するであろう」

茂吉は「かしこまりました」と頭を下げる。

身を起こすと、茂吉は寂しそうな顔ではなを見た。

「どうか、お元気で――はなさまのお幸せを心よりお祈りしておりますよ」

「ありがとうございます」

はなは茂吉の前に立った。

「茂吉さんも、お元気でいらしてくださいね。駒場での暮らしは絶対に忘れません」

深々と頭を下げれば、茂吉が「おやめください」と声を上げる。

「はなさまとお会いできて、嬉《うれ》しゅうございました」

顔を上げて、はなは笑った。

「あたしもです」

茂吉の顔にも笑みが浮かぶ。

左内が大きく息をついた。

「達者でな」

「はい」

登和子、左之助、由莉がしんみりとした目で、はなを見つめる。

はなは板間の端で居住まいを正して、三人に向かい合った。

「本当に、お世話になりました。五目飯を見るたびに、きっと伊澤家のみなさまを思い出すことでしょう。五目の数の中に、あたしもちゃんと入っている——それを忘れずに、懸命に励みます」

しばしの間、床に額がつくほど深く頭を下げ続けて謝意を表していた。

「はなさまが作ってくださった風呂吹《ふろふ》き大根——当家でも同じ味を出せるよう努めてみたいと思います」

顔を上げれば、登和子が目を潤ませて微笑んでいた。

「そのうち伊澤家代々の味になるやもしれませんね」

由莉が口角を引き上げて胸を張る。

「わたくしだって味を引き継いで、いつか婚家にも広めてまいります」

左之助が肩をすくめる。

「嫁ぎ先が見つかればよいがな」

由莉は、むっとして唇を尖《とが》らせた。

「まあ、兄上ったらひどい！」

登和子が眉をひそめて由莉を睨《にら》む。

「大きな声を出してはなりませぬ。はしたないですよ」

はなは満面の笑みを浮かべた。

駒場での最後の光景が、いつもと変わらぬ伊澤家の日常であることが、たまらなく嬉しかった。

冬馬が風呂《ふろ》敷《しき》包みを背負う。

はなは裏木戸から出るために勝手口へ回ろうとした。

「待て。どこへ行くのだ」

左内に呼び止められて振り向けば、伊澤家の全員と茂吉が土間に並んでいた。

「堂々と表から出ていけ」

登和子が内玄関の戸を引き開ける。

門へ続く道には日が差していた。

はなは敷居をまたいで、表へ足を踏み出す。冬馬があとに続いた。

数歩歩いて振り向けば、伊澤家のみなが戸の外へ出て一列に並んでいた。

「はなさま、これをお持ちください」

いつの間に手にしていたのか、由莉が風呂敷包みを差し出してきた。

「わたくしが作った半纏《はんてん》にございます」

はなの頭に葡萄色《ぶどういろ》の半纏が浮かぶ。由莉に借りていた物だ。片づけた布団の脇に置いてきたはずだったが――。

由莉は、はにかんだ笑みを浮かべる。

「裁縫の練習で作った物ですので、あまり出来がよいとは言えないのですが――お姉さまのように思っている、はなさまに、これからも使っていただけたら嬉しいですわ」

「由莉さま……」

はなは手を伸ばした。風呂敷包みを受け取って、しっかと胸に抱きしめる。

「ありがとうございます。大事にいたします」

はなの胸に、由莉と過ごした日々がよみがえってくる。

二人で畳に這《は》いつくばって、懐中鏡を必死で捜した。百人一首を由莉に教わり、はなは風呂吹き大根の作り方を教えた。

実の姉妹のように過ごした日々が、はなの胸の中できらきらと輝く。

はなは伊澤家のみなと順に目を合わせた。

厳しくも情け深い左内、優しく凛然《りんぜん》としている登和子、明るく気遣いのある左之助、快活で可愛らしい由莉、思慮深く思いやりに溢《あふ》れる茂吉——。

「それでは、みなさま、お元気で」

にっこり笑えば、みな笑い返してうなずいた。

はなは深々と頭を下げてから、門へ向かう。

さようなら、伊澤家。さようなら、駒場。

門をくぐり、武家屋敷が建ち並ぶ道を進む。冬の桜並木を抜け、杉垣を越えて、御薬園の外へ。森林の土を踏みしめて、笹と松の生い茂る駒場野の道へ出る。

冷たい風が吹いた。

冬馬がわずかに首をすくめて、足取り軽く前を行く。

「先ほども言いましたように、しばらくの間はなさんには堺屋にいてもらいます。ご隠居が引き続き、はなさんに合いそうな料理屋を探してくださいますから。ご隠居を信じて、ちょっとだけ辛抱してくださいね」

「辛抱だなんて、そんな——ご迷惑をおかけして、申し訳ないです」

「今の主《あるじ》の伸太郎《しんたろう》さんも面倒見がよくて、とても優しい方ですので、ご安心ください」

はなはうなずいた。

ご隠居が駒場行きの支度をしてくれた時に、はなも伸太郎に会ったが、温厚そうで、客の気持ちに寄り添って品を勧める人だったと思い返す。

「店のみんなも、いい人たちばかりですよ。中には口うるさい人もいますが、根は悪くないんです。相手を心配するあまり、つい小言を並べてしまうというか——」

「冬馬さんは、いつからご隠居のおそばにいらっしゃるんですか？　堺屋さんでの奉公が縁で、ご隠居のお世話をするようになったんですか？」

　店の小僧や手代として働いていたので、堺屋の事情にもよく通じているのかと思ったのだ。

　だが、冬馬は首を横に振る。

「おれがご隠居と出会った時、ご隠居はすでに根岸で暮らしていらっしゃいました」

　冬馬は歩調をゆるめて、はなの横に並ぶ。

「八年前の、ちょうど冬でした。おれは箱根《はこね》で暮らしていて、温泉を訪れたご隠居の財布を掏《す》ろうとしていたんです」

「えっ――」

　はなは絶句した。

　冬馬は事もなげに、あっさりと続ける。

「おれはまだ子供でしたが、やさぐれていたんですよ」

　今の冬馬と「やさぐれ」という言葉が、はなの中では一致しない。

　冬馬は子供の頃からきっちりと躾《しつ》けられていたかのように礼儀正しく、ご隠居の身の回りにもよく気を配っている。主であるご隠居に軽口を叩《たた》くこともあるが、ご隠居に対する溢れんばかりの敬意は、はたで見ていてもわかる。ご隠居も冬馬を可愛がっており、孫を慈しむような目で見ていた。

冬馬は照れくさそうに鼻の頭をかいた。

「おれは捨て子でしてね。父親も、母親も、どこの誰だかわかりません。東海道《とうかいどう》沿いの旅籠《はたご》で働く飯盛り女の子供なんじゃないかと言われたこともありましたが、けっきょく何もわかりませんでした。生まれたばかりの赤ん坊の頃から、八つになるまで、小さな寺にいたんです」

わけありの子供たちを集めて世話している寺だったという。

「親が死んだり、貧しくて育てられなくなった子供たちが何人かいました。お人よしの住職は食べ物を分け与えて、子供たちが働ける年になるまで寺で育て、奉公先を世話してやっていたんですよ。もちろん、養い親にもらわれていった子供もいました」

はなは幸吉《こうきち》を思い出した。寺に捨てられ、寺で育った子供だ。養い親を信じられずに暴れたが、親子の絆《きずな》を信じられるようになり、家族の思い出となった寄せ揚げを喜楽屋で食べたのだった。

「おれが拾われた時、名も生まれも何もわからないのはおれだけだったんで、住職はおれを『捨《すて》』と名づけました」

はなは眉《まゆ》をひそめた。

「そんな——捨て子だから『捨』だなんて——」

「いや、それが、おれの幸せを願ってつけてくれた名だったんですよ」

冬馬は屈託のない笑みを浮かべる。

「捨て子はよく育つという迷信を知りませんか？　生まれたばかりの子は弱くて、立派に育つかわからないから、わざといったん捨てて、拾い親に拾ってもらう風習があるんですよ。その時、子供に『捨』なんていう名をつけるといいそうなんです。かの有名な豊臣秀吉《とよとみひでよし》は、子供の名に『棄《すて》』と『拾《ひろい》』という字を使いました」

わずか三歳で逝去した秀吉の長男、鶴松《つるまつ》の幼名は『棄』であった。次男、秀頼《ひでより》の幼名は『拾丸』である。

冬馬は苦笑した。

「おれは小さな旅籠に奉公したんですが、相変わらず『捨』と呼ばれ続けました。住職は、旅籠の主に『新しい名を与えてやってくれ』と言ってくれたんですが、主は名をくれなかったんです。『捨て子なんだから、捨でいいだろう。短いから、呼びやすいしな』の一点張りで——つまり、面倒くさがりましてね」

はなは唇を引き結んで、半纏《はんてん》の入った風呂敷《ふろしき》包みを握りしめた。

冬馬は、ぶんぶんと手を横に振る。

「ああ、そんな顔しないでください。今は『冬馬』という名があるんですから」

はなは気を取り直してうなずいた。

「奉公したところは、なかなかひどい旅籠でしてねえ。主も、番頭も、気に入らないことがあると下の者に八つ当たりで——八つ当たりされた者は、さらにその下の者に八つ当たりです。結果、おれは生傷が絶えず、一年も経たずに逃げ出しました」

冬馬は荷物を背負い直すように、ひょいと肩をすくめた。

「まだ子供でしたから、すぐ食うに困りました。橋の下で雨風をしのぎ、料理屋のごみをあさって食い繋《つな》いでいるうちに、同じような境遇のやつらと出会ったんです」

残飯をあさって食い繋いでいた冬馬の姿を想像すると、はなの胸が重苦しくなった。まだ十にもならないうちに、冬馬がそんな苦労をしていたなんて——。

「やつらは、おれに食べ物を分けてくれました。年長者が年下の面倒を見ていたんですが、やつらは奉公先を探すこともなく、旅人たちの荷物をくすねて得た金で、食べ物を買っていました。売り物になりそうな煙草入れや印籠《いんろう》は、盗品も扱う店に売っていたんです。旅人であれば、盗まれた金品をあきらめて、次の場所へ向かうことが多いですからね」

　町の鼻つまみ者だった子供たちは、やくざ者の子分になったり、盗人《ぬすっと》の手下になったりして、やがて群れを出ていくのだという。

「ご隠居に出会えて、おれは運がよかったんです」

　盗みをためらっていた冬馬は、どっぷり徒党を組まずに、料理屋のごみをあさり続けていた。

　しかし、食べ物を分けてくれた恩人である少年が病に倒れ、初めて盗みに手を染める覚悟を決めたのだという。

「滋養のある食べ物が欲しかったんです。できれば卵を買いたかった」

　おっとり歩いていた金持ちそうな爺《じじい》――根岸のご隠居に目をつけた冬馬は、わざとぶつかって、ご隠居の懐に手を突っ込んだ。

　ご隠居が茶屋で金を払う場面を見ていた冬馬は、懐にしまわれた財布をさっと抜き取ろうとしたが、すぐ隣を歩いていたご隠居の友人に腕をつかまれ、阻まれた。

　白髪頭の友人は、かつて岡っ引きとして何人もの掏摸《すり》を捕まえていた男だったという。

「悪いことはできないものですねえ」

他人事《ひとごと》のように言ってから、冬馬は目を伏せた。

「初めての掏摸が、隠居した元岡っ引きの目の前だったなんて、神の思《おぼ》し召《め》しだったんでしょうか」

冬馬は空を仰いだ。雲の向こうに神の姿を探すように、じっと目を凝らしている。

「手慣れていないので、初めてだろうと、すぐに見抜かれました。事情を聞かれ、正直に話すと、ご隠居は『わしのところへ来るか』と言ってくださったんです」

八年前が目の前によみがえったかのように、冬馬は目を細めて宙を見つめた。

「ご隠居の言葉は、おれの胸にずしりと沈み込みました。『今なら、まだ歩む道を変えられる。このまま底まで落ちていくか、這《は》い上がってやり直すか、ふたつにひとつだ。今を逃せば、もう機はないぞ。どうする？』って――ご隠居にすがって、ついていくしかないじゃありませんか」

ご隠居が買ってくれた食べ物を恩人である少年に届けたあと、誰にも何も言わぬまま、ご隠居に連れられて根岸へ立ったのだという。

「恩人といっても、友達ではありませんでした。ただ借りを返せれば、それで満足だったんです。箱根でのおれを知る者たちと縁が切れると思えば、ものすごく嬉《うれ》しかった。生まれ変われるんじゃないかと思いました」

実際に冬馬は、ご隠居のもとで生き直した。

「箱根から根岸へ向かう途中、街道で荷馬とすれ違いました。寒さをものともせずに、しゃんしゃんと歩く馬を見て、ご隠居がおっしゃったんです。『新しい名は、冬馬でどうかね』と――『つぶらな瞳《ひとみ》が澄んでいて、とても可愛らしかった』と、ご隠居は笑っていらしたんです。おれは即うなずきました」

通り過ぎていく馬を振り返れば、大きな荷物を運びながら悠々と歩いていく後ろ姿が、とても力強く見えたのだという。

「親に捨てられて、町の爪弾《つまはじ》き者だったおれが、いつか誰かの役に――ご隠居の役に立てるようになれたらいいと思いました」

読み書き算盤《そろばん》、料理、裁縫、行儀作法――ご隠居のもとで、さまざまなことを学んだという。

「つきっきりで手取り足取り、ご隠居直々に仕込んでいただきました」

どこの商家に出しても恥ずかしくなくなったので、奉公先を探してやるぞと言われたが、冬馬はその場で断ったという。

「ご隠居の最期まで、しっかりお世話したかったんです。おれが、おそばにいたかったんですよ」

ご隠居は照れ笑いを浮かべながら、嬉しそうに「では、わしが死んだら、好きに生きろ。それまでに、やりたいことを見つけておけよ」と冬馬の肩を叩《たた》いた。

その光景を語る冬馬をまぶしく見つめながら、はなは目を細めた。

「冬馬さんが将来やりたいことは、もう見つかりましたか？」

「小間物屋です」

間髪入れずに答えが返ってきた。

「小さな日常の品を、お客さんが気持ちよく選べるように手伝う——おれもそんな仕事がしたいと、ご隠居の昔話を聞きながら思ったんです」

はなが駒場で使う小間物を選ぶため堺屋へ行った時、ご隠居は言っていた。

——未来に向かって、あれやこれや選ぶのは楽しい。本当に、幸せなひと時だ——。

ご隠居も、店を引き継いだ伸太郎も、客が幸せになるために品物を売っていた。

客の幸せが、自分の幸せ——きっと、そんな思いで客たちの買い物を見守っていたのだろう。

「冬馬さんも、いずれは堺屋で働くんですか？」

「いいえ」

目指す店が明確に見えているような目で、冬馬はきりりと前を向いた。

「もっと小さな店がいいんです。日々の暮らしに追われている長屋のおかみさんたちが、ちょっとだけ自分のために贅沢《ぜいたく》をしたいと思えるような――少し頑張れば手の届く、心が浮き立つような綺麗《きれい》な小間物を取りそろえて、売りたいんです」

小さな店の中で町の女たちに品物を勧める冬馬の姿が、はなの目に浮かんだ。

狭い間口ながらに色とりどりの品物を数多く並べ、懸命に貯めた金を手に店を訪れた女たちを温かく迎え入れる冬馬――。

「いつか、自分の店を持ちたいんですよ」

冬馬はにっこり笑って、はなに向き直る。

「そのために、今、頑張っています」

きっと、ご隠居についてあちこち動き回りながら、見聞を広めているのだろう。ご隠居も、冬馬の将来を考えて、さまざまな知恵や人脈を授けているに違いない。

「もし、どうしても望み通りの店に勤められなかったら、はなさんも自分の店を持つことを目指したらどうです？」

「えっ――あたしが自分の店を!?」

戸惑いの声を上げるはなに、冬馬は笑いながらうなずいた。

「おせいさんみたいに、女将《おかみ》としてやっていくんですよ。そうすれば好きなようにできるでしょう」

「だけど、あたしは料理人じゃないし――」

「おせいさんだって、最初はお運びだけだったそうですよ。銀次《ぎんじ》さんに教えられながら調理場に入るようになって、すべて一人で料理を作るようになったのは、銀次さんが亡くなってからのはずです」

冬馬は気楽な調子で続けた。

「そりゃ最初は苦労するでしょうが、やってやれないことはないんじゃありませんか」

「いや、でも――」

「無理かどうかは、誰にもわかりませんよ。自分が思ってもみなかった方向に、道は繋《つな》がっているのかもしれません」

はなは口をつぐんだ。

確かに――。

良太との別れも、しばらくの間とはいえ堺屋で働くことも、これまで思ってもみなかった事態だ。

「よい主《あるじ》に巡り会えて、その人とともに働けることが喜びなら、それはそれでいいじゃありませんか。料理人や、女中——志を同じくする仲間だって増えるかもしれませんしね」

はなはうなずいた。

過酷な境遇を耐え、訪れた運をつかんで道を切り開いた冬馬の言葉は重い。そんなこと無理に決まっているじゃないかと簡単に反論することはできなかった。

「つまずいて転んだら、また起き上がればいいんだと、おれはご隠居に教わりました。道を踏みはずしたら、木の根や草の根にしがみついて、這い上がればいいんだと——」

穏やかに澄んだ目をしている冬馬の顔に、かつてご隠居の財布を狙ったというやさぐれの面影はない。

冬晴れが似合う表情で、冬馬は爽《さわ》やかに笑った。

「だから、はなさんも大丈夫ですよ。今はつらくても、きっと前へ進めます」

冬馬に同意するように、鳥がピーッと鳴いた。

空を振り仰げば、雄々しく羽ばたく大きな鳥の姿が遠くに見えた。

冬馬が感嘆の声を上げる。

「御鷹《たか》だ」

駒場野の原野を追いかけていく男たちは、御鷹匠《たかじょう》であろう。狩りの稽古《けいこ》をしているようだ。

しばし立ち止まり、御鷹と御鷹匠たちの姿が見えなくなるまで、はなと冬馬は枯れ草の原野を眺めていた。

強い風が吹いてきて、辺りの草木を激しく揺らす。

うなじから冷気が入り込んで、はなは思わず半纏《はんてん》が入っている風呂敷《ふろしき》包みを抱きしめた。冬馬も顔をしかめて風をやり過ごしている。

やがて風が収まると、二人同時にほっと安堵《あんど》の息をついた。

「行きましょうか」

冬馬が歩き出す。はなも並んで野道を進んだ。

笹藪《ささやぶ》や松林の間を抜け、道玄坂を越えていく。渋谷川に架かる橋を渡り、茶屋が立ち並ぶ富士見坂へ入る。

福良の木の前を通った時は、胸がずきんと痛んだ。

――この先何があっても、おれの気持ちは変わらない――永遠に、ずっと、おまえを愛する――。

切なすぎる良太の告白が、はなの胸を熱く焦がす。

愛の形は、きっと変わっていく。はなが進む道の先に、良太はいないのだ。

はなは歯を食い縛って、福良の木の前を通り過ぎた。

石敷きの急坂を上り下りして、宮益町を進んでいく。町人地を抜けて武家地へ入り、また町人地へ――。

赤坂を回って、日本橋へ出た。

室町《むろまち》一丁目、二丁目と進めば、駿河町はもうすぐそこだ。

堺屋の暖簾《のれん》の前を通り過ぎて裏へ回り、勝手口から中へ入った。

広々とした土間に、大きな竈《かまど》と水瓶《みずがめ》――包丁を扱う板場もゆったりとしている。

食事の支度をする際には、ここに何人かの女たちが入って、飯を炊いたり、味噌《みそ》汁《しる》や菜を作ったり、あれやこれやと忙しく動き回るのだろうか。

「おりきさん」

冬馬に声をかけられて、台所の奥にいた年配の女が振り向いた。ふくよかな恵比《えび》須《す》顔《がお》で、にっこり冬馬に笑いかける。

「おや――それじゃ、こちらが、はなさんだね？」

冬馬からはなに目を移すと、おりきは顎《あご》を引いた。

「わたしは女中頭の、りきです。事情は伺っていますよ。仕事はあとで教えますから、まずは、ご隠居にご挨拶《あいさつ》をしてきてください」

冬馬が草履を脱いで板間へ上がった。

「はなさん、こちらです」

おりきに一礼すると、はなは促されるまま、冬馬のあとについて建物の奥へ進んだ。

中庭の見える廊下を進み、ある一室の前で冬馬が立ち止まった。

障子の前で居住まいを正す。はなも冬馬に倣った。

「冬馬です。ただいま戻りました。はなさんも、ご一緒です」

「お入り」

ご隠居の声が中から響いた。

冬馬が障子を開けて一礼する。身を起こすと、中へ入るよう、はなに目で合図を送ってきた。冬馬は廊下に座したままだ。

はなは室内へ進んだ。

真正面の座布団に座っているご隠居と目が合う。ご隠居が、にこりと笑った。

「お座り」

はなは畳の上に居住まいを正した。

「このたびは、ご迷惑をおかけいたしまして、本当に申し訳ございませんでした」

両手をついて深々と頭を下げる。

「詫《わ》びはいいから、顔を上げなさい。これからの話をしよう」

はなは身を起こした。ご隠居がうなずく。

「まず最初に確かめておくが――はなちゃんが今ここにいるということは、結城良太さまとの縁談は完全になくなったということでいいね？　再会して、やっぱり思い直したということはないんだね？」

「はい」

即答すれば、ご隠居は痛ましげに目を細めた。

「では、しばらくの間は、この堺屋にいなさい。台所働きということで、伸太郎にも話を通してあるからな」

「お世話になります。懸命に働きます」

背筋を伸ばして顎を引けば、ご隠居は微苦笑を浮かべた。

「まあ、あまり気負わずにな。慣れない場所で気も張るだろうが、少しはのんびり過ごせばいいさ。女中頭のおりきにも、はなちゃんのことは頼んである。面倒見のいい人だから、わからないことがあれば何でも聞きなさい」

「ありがとうございます」

ご隠居の目が、ついと廊下に向いた。

開けてある障子の向こうに、仲太郎が姿を現す。

「やあ、来たね」

はなは頭を下げた。

「お世話になります。どうぞよろしくお願いいたします」

仲太郎は微笑みながらうなずいて、ご隠居の隣に腰を下ろした。

「何も心配せず、しばらくうちにいるといい。悪いようにはしないからね。ただ、台所働きということになっているから、お仕着せを着てもらわなくちゃならないよ。他の奉公人の手前もあるのでね」

仲太郎は小首をかしげて廊下を見やる。

「女中部屋に寝てもらうことになるから、あの荷物も預からせてもらうよ」

冬馬が座っている脇に、駒場から運んでもらった大きな風呂《ふろ》敷《しき》包みがあった。中には、ご隠居がそろえてくれた裁縫道具や小間物などが入っている。

「買っていただいた物はすべて、ご隠居にお返しいたします」

ご隠居はゆるりと首を横に振る。

「一度あげた物だ。持っていける先ができたら、また使えばいい」

「そんな、あたしにはやっぱり分不相応なお品で――」

ご隠居は微苦笑を浮かべる。

「どちらにしても、しばらくの間は堺屋の納戸に入れておいてもらうよ」

ご隠居が目配せをすれば、冬馬が荷物を持って立ち上がる。

「それでは、はなさん、またいずれ」

勝手知ったる足取りで荷物を運んでいった。

しばらくすると、おりきが姿を現した。

「冬馬さんから、お呼びと伺いました」

伸太郎がうなずく。

「はなさんを、部屋へ案内しておくれ」

「かしこまりました」

おりきが、はなに笑いかける。

「では、行きましょうか」

「はい」

はなは再び畳に両手をついて、ご隠居と伸太郎に向かって丁寧に頭を下げた。

「本当に、ありがとうございます」

顔を上げれば、ご隠居も仲太郎も優しい眼差《まなざ》しで微笑んでいた。

「頑張りなさい」

ご隠居の言葉に、はなは拳《こぶし》を握り固めた。

「はい――悔いのないよう、生きていきます」

ご隠居と仲太郎が同時にうなずく。

おりきに促され、はなはその場を辞した。

「こちらですよ」

おりきのあとについて、中庭の見える廊下を進んでいく。

歩きながら中庭に目をやれば、整えられた庭木と石灯籠《いしどうろう》がすっきりと配置されていた。

「店のお客さまが中庭をご覧になることもあります。もし廊下で顔を合わせることがあった時は、くれぐれも失礼のないようにしてください。中庭の掃除は店の小僧がいたしますが、もし落ち葉など見苦しい物があれば、通りかかって気づいた者が綺麗《きれい》にします」

「かしこまりました」

台所近くの女中部屋に案内された。

部屋の隅に、畳まれた着物がぽつんと置いてある。

「ここにいる間は、それを着てください」

「はい」

「今日の夕飯の支度から台所に入ってもらいます。着替えたら、台所に来てください」

「はい」

おりきが去って、はなは一人になった。他の女中たちは、それぞれの持ち場で働いているのだろう。

はなは、お仕着せを手にした。

落ち着いた栗色の縞柄《しまがら》——おりきが着ていた物と同じだ。紺色の帯と前掛も用意されている。

はなは手早く着替えて、台所へ向かった。

どんな経験も決して無駄にはならない。次の一歩を踏み出すために、まずは今ここで、しっかりと立つのだ。

料理で人を笑顔にする——。

まずは堺屋から始めるのだと、はなは強く思った。

「お待たせいたしました」

台所に入れば、おりきが握り飯の載った皿を差し出してくれる。

「冬馬さんから、お昼ご飯がまだだと聞きましたよ。まずは腹ごしらえをなさい。腹が減っては、ろくな仕事ができませんからね」

「はい、ありがとうございます」

はなは握り飯の皿を受け取った。

すべて包み込んでくれるような笑顔で、おりきがはなの肩を叩《たた》く。

はなは口角を引き上げて、にっこりと笑い返した。

第三話　鯛《たい》の思い出

明り取りの窓から朝日が差し込んで、台所を明るく照らしている。

大鍋《おおなべ》から立ち昇る湯気に、はなは目を細めた。

味噌汁《みそしる》に浮かんでいる豆腐と小松菜の、白と緑が目に鮮やかである。辺りに漂う味噌の香りに、甘く優しく食欲をつつかれる。

女中頭のおりきが勢いよく、ぱんぱんっと手を叩いた。

「さあ、どんどんよそって！　ぐずぐずしていると、食事抜きでみんなを店に出すことになりますよ！」

「はい！」

はなは次から次へと味噌汁をよそった。はながよそったそばから、他の女中が箱《はこ》膳《ぜん》の上に載せていく。

はなの他に台所に入っている女中は三人——おすまは白飯をよそったり、おたけは塩鮭を焼いたり、おまさは香の物や納豆を箱膳に並べたりと、みな手際よく動き回っている。

堺屋の主《あるじ》である仲太郎の家族分と、番頭から小僧まですべての奉公人分を一斉に用意するので、台所はてんやわんやだ。

堺屋に来てから、三日目の朝——まだ完全に慣れたとは言えないが、はなは飯屋の書き入れ時を知っているので、他の女中たちの動きに遅れずに仕事をこなすことができた。台所で働く人数が喜楽屋の時よりも多い分、楽に感じるくらいだ。

他の三人は台所以外の仕事も受け持っているので、常にべったり一緒にいるわけではないが、顔を合わせれば気持ちよく接してくれる。

ご隠居の言葉通り、女中頭のおりきも面倒見がいい女で、勝手のわからぬ場所ではなの動きが止まらぬよう目を配り、声をかけてくれていた。

堺屋の奉公人たちはみな人がよい。突然入り込んできたはなを邪険にすることなど、まったくなかった。

きっと、みな公平に主から大事にされている証《あかし》なのだ。心から満ち足りていれば、人はむやみやたらに他人をいじめたりはしないだろう。

箱膳を広間まで運び終え、おりきたちとともに下座に控える。

堺屋では主家族も奉公人も、みな広間に集まって朝食を共にしていた。店に出ている奉公人たちは、交代で昼食を取り、仕事の終わった者から夕食を取っているが、朝食のひと時だけは堺屋の全員が顔を合わせて同じ物を食べていた。

通い奉公を許されている番頭も、年末などの店が忙しい時期には早朝からやってきて、他の奉公人たちとともに食べることが多いという。

お代わりする者たちの世話をするため、台所に入っている女中だけが例外で、みなが食べ終わったあとに食事を取っていた。

上座に座った伸太郎が一同を見渡す。

「では食べよう」

「いただきます」

小僧や手代たちが一斉に箸《はし》を持ち、勢いよく食べ始めた。

白飯、豆腐と小松菜の味噌汁、香の物、納豆、焼き鮭――膳の上に並んだ料理が、あっという間になくなっていく。

清々《すがすが》しい思いでみなの膳の上を眺めながら、はなは各自の様子に目を配った。物足りなそうな顔をしている手代がいれば、すっとそばに寄って、お代わりの有無を聞く。

「すみません、お代わりをお願いします」

ぺこりと頭を下げる手代に微笑んで、はなは飯茶碗《めしぢゃわん》を受け取った。

「すぐにお持ちしますので、少々お待ちください」

この手代は昨日もお代わりをしていた。昨日の食べ具合を思い返しながら、適量と思われる白飯をよそって運んでいく。

「はい、どうぞ」

笑顔で飯茶碗を膳の上に置けば、嬉《うれ》しそうな笑みを返された。

「はなさん、ありがとうございます」

もう何年も一緒に働いている仲間のように名を呼ばれて、はなは笑みを深めた。

「はなさん、すみません、おれもお代わりをお願いします」

「かしこまりました。今すぐお持ちいたしますね」

ふと視線を感じて顔を上げれば、仲太郎がにこにこしながら目を細めていた。

「みんな、たくさん食べなさい。堺屋の奉公人が、お客さまの前へ出た時に腹を鳴らしていたなんて、そんな恥ずかしい真似は勘弁しておくれよ」

「はい！」

手代も小僧も元気よく返事をして、食事を平らげる。番頭たち年配の者は穏やかな表情で、食べ盛りの若者たちを見守っていた。

堺屋に奉公できた者たちは、自分も含めて恵まれていると、はなはつくづく思った。

衣食住に何の不満もなく、ひとつ屋根の下で過ごす者たちの仲もよい。憂うことなく日々の仕事に没頭できる境遇を得た時、人はどれだけの力を発揮することができるのだろう。

奉公人たちを大事にすることで、堺屋は商売を繁盛させているのだ。

商売は、何よりも心が大事――。

将来に向けての心がけを日々の中から教わっているのだと、はなは思った。

慌ただしく日は過ぎていく。

「もうすぐ年末だなんて、とても信じられないわ」

朝食の片づけを終えたあと、勝手口の周りを掃き清めながら、おまさがため息をついた。はあっと白い息が宙に溶けていく。

「あっという間に年を取ってしまいますねえ」

おまさとともに箒《ほうき》を手にしていたはなは苦笑する。

「でも、おまささんは、まだ年のことなんて気にする必要はないでしょう？」

台所に入っている他の二人よりは明らかに若いのだ。はなよりも若いはずだ。

「おすまさんが三十二、おたけさんが二十八、あたしが二十四だから、確かに一番若いですけど――」

おまさは肩をすくめた。

「再婚を考えるなら、やっぱり早いほうがいいでしょう？」

はなは思わず箒を落としそうになった。

「おまささん、一度お嫁にいっていたんですか？」

「ええ。三年経っても、わたしに子供ができなくて、よその女に子供ができてしまったので、離縁されてしまいました」

あっけらかんとした調子で告げるおまさに、はなは何と返してよいかわからない。

おまさは屈託のない笑みを浮かべた。

「大丈夫だから、気にしないでください。わたし、まだ何もあきらめていないんです。きっと次の幸せが訪れると信じていますから。――堺屋みたいなところに勤められて、今でもじゅうぶん幸せなんですけどね」

はなはうなずいた。

「堺屋さんは本当に居心地がいいですよね」

「わたしが生き直す力をもらえた場所です」

勝手口に集めた落ち葉を片づけて、おまさは裏木戸へ向かう。次は裏通りを掃き清めるのだ。

おまさに続いて、はなも裏木戸から外へ出た。

板塀の端から端まで見渡して、落書きなどがないか確かめる。地面にも目を凝らして、不審な物が落ちていないか目を配った。

よし、異変はない――と胸の中で呟《つぶや》いて、はなは苦笑する。

伊澤家での掃除がしっかり身についているようだ。先ほど勝手口周りの掃除をした時も同様だったが、まず不審な点がないかを確かめてから、掃き清めるようになっている。

繁盛している大店《おおだな》は、金蔵を狙われることも多い。武家で教わった防衛策は、商家でもじゅうぶん役立つと、はなは思った。もし盗人《ぬすっと》たちが下見に訪れた際、何らかの痕跡《こんせき》を残していれば、早々に気づける見込みが高まるはずだ。

裏通りの掃除を終えて、塵《ごみ》が残っていないか確かめながら伊澤家での経験を話せば、おまさは感嘆の声を上げた。

「みんなにも教えましょう！　風の強い日に葉っぱや枝が飛んでくることはあるけれど、そこまで気をつけて見たことはありませんでした。場を綺麗《きれい》にすることばかり考えていたけれど、今までよりもう少し落ちている物に対する注意を深めれば、立派な用心になりますね！」

　はなは登和子に感謝した。何事も、無駄なことは本当にないのだ。

　中へ戻ろうと、裏木戸へ向かえば、二人連れの男たちが通りを歩いてきた。二人とも着流し姿の町人だ。

「そういやぁ、この堺屋によぉ、喜楽屋で働いていた女が来たそうだぜ」

　裏木戸をくぐり終えた直後に、はなの足が止まった。おまさも一歩前で立ち止まっている。

「ああ、あれだろ、武家に嫁ぐとかいって、江戸を出ていった女だろ」

　はなは思わず振り返った。

　木戸の前を通り過ぎていった男たちの後ろ姿しか見えないが、喜楽屋の客だろうか。声に聞き覚えはないが、はなも顔を見知っている男たちだったろうか。

　もう一度通りへ足を踏み出そうとすれば、おまさに腕をつかまれた。おまさは無言で首を横に振り、戸の内側にぴたりとつけるように、はなの体をそっと押した。

男たちの話し声はまだ聞こえる。

「もう逃げ戻ってきたのかよ。根性ねえなぁ」

「やっぱり育ちが悪いと言われ、相手の男に捨てられたんじゃねえのか」

「かもしれねえなぁ。大食い女だって話だからなぁ。もし相手が貧乏御家人じゃ、養っていけねえだろう」

男たちの笑い声が聞こえる。

「堺屋のご隠居も、盛大な送別会を開いて送り出してやったらしいが、どうやら見る目がなかったな」

「耄碌《もうろく》しちまったんじゃねえのか。もう、かなりの年だろう」

はなは顔をしかめて耳をふさいだ。

何も知らない者たちに、なぜ好き勝手なことを言われなければならないのか——はなのことだけなら、ともかく——ご隠居のことまで——。

悔しいと思いながらも、はなは男たちを追いかけて文句を言う気力が持てなかった。

逃げ戻ってきたと言われて、反論しきれない自分がいる。

自分らしく咲ける場所で生きたいと言って、伊澤家を出てきたはなだったが、周りから見れば、やはり「逃げ」でしかないのか。

あれほど追い求めていた良太をあきらめ、勇気を持って、道を歩み直したつもりだったのに——。

おまさが裏木戸を閉めた。

「はなさん、行きましょう」

おまさに肩を抱かれながら、勝手口へ戻る。

「口さがない人たちの言葉なんて、気にしちゃいけませんよ。わたしも離縁された当時は、いろいろ言われました。だけど堺屋の中にいれば、大丈夫ですからね」

はなはうなずいた。

ご隠居は、はなに合いそうな料理屋が見つかるまで堺屋で働けと言ってくれたが、本当は、世間の風当たりから守ってくれているのかもしれない。

おせいだって——。

喜楽屋の客たちから盛大に送り出してもらった手前もあるので、はなを店に戻すことはできないと言っていたが、本心ではなかったのかもしれないと、今になって思った。

きっと、はなを守ろうとしてくれたのだ。

店には、いろんな客が来る。酒が入れば、酔った勢いで、はなに対して無遠慮に破談の件を聞いてくるかもしれない。さっきの男たちのように、はなを笑い物にするかもしれないのだ。

こちらは客商売だから、笑って受け流さなければならぬ場面も出てくるだろう。いつも以上に「笑え」と自分に言い聞かせ、無理をして——。

神田へ戻ってきて喜楽屋に泊まった時、はなは八百屋の八兵衛に挨拶《あいさつ》できなかった朝を思い返した。

親しくしていた者の目だって怖いのだ。馴染《なじ》みの薄い客たちの目は、いかばかりの恐ろしさとなるのか。

権蔵《ごんぞう》、鳩次《はとじ》郎《ろう》、金太《きんた》のような優しい常連客たちは、面と向かって思いやりのない言葉を投げてくることもないだろうが、心の中でどう思っているのかと邪推すれば、やはり口を利くのもためらわれるようになるかもしれない。

そんな状態が続けば、まともな気持ちで店に立っていられなくなってしまうだろう。今後どう生きていったらいいのかさえ、わからなくなってしまうに違いない。

はなは込み上げてくる涙をこらえることができなかった。

おせいは、はなが必要以上に傷つかぬよう案じてくれたのだ。きっと、だから喜楽屋から遠ざけた――。

おせいとご隠居の優しさが改めて身に染みて、胸が痛くなるほど熱くなった。

おまさが懐から手拭《てぬぐ》いを取り出して、そっと渡してくれる。台所の板間に腰かけるよう促された。

「おや、どうしたの？」

腰を下ろしたとたん、後ろから声がかかった。振り向けば、おりきが眉《まゆ》をひそめて台所の入口に立っている。

「揉《も》め事ですか？」

はなは手拭いで涙を拭《ふ》きながら首を横に振った。

「おまささんに慰めてもらっていたんです」

おりきは首をかしげて、おまさに目を移す。

「実は、先ほど裏の通りを掃除している時に――」

おまさが事情を話すと、おりきは「ああ」と同情に満ちた声を上げた。

「嫌な目に遭ってしまいましたね。しばらくの間、はなさんには中の仕事だけしてもらいましょうか」

はなは首を横に振る。

「裏の掃除なんて『外の仕事』には入りません。おまささんたちと違って、あたしは、奥さまやお嬢さまたちのご用を言いつかることもないんです。台所や勝手口に近い場所の掃除くらいさせてください」

　おりきは困ったように眉尻《まゆじり》を下げた。

「だけど、また心ない言葉を聞いてしまうかもしれませんよ。客商売をやっていると、どうしても、奉公人を含めて、世間の耳目に触れてしまうことがありますからねえ」

　おりきは気遣わしげな目で、はなの顔を覗《のぞ》き込む。

「他の奉公人は気にしなくていいんですよ。はなさんは台所働きとして迎え入れられた人なんですから、台所に引っ込んでいるからといって、とやかく言う者は誰もおりませんよ」

　おまさも同意する。

「気にしちゃいけませんと言ったって、気になる時は気になります。もっと気持ちが落ち着くまでは、不用意な言葉を耳にしない場所にいたほうがいいんじゃありませんか」

　はなは口角を引き上げた。

「ありがとうございます。でも、逃げたくないんです」

おまさが口を「へ」の字に曲げる。

「さっきの人たちに言われたことを気にしているのなら――」

「いいえ」

はなは背筋を伸ばした。

「あの人たちよりもひどいことを、この先もっと言われるかもしれません。それなら、あたしは、今よりもっと強くならなきゃ」

おりきとおまさが顔を見合わせ、同時に苦笑する。

「はなさんは、たくましいですねえ。わたしが離縁された時は、もっとめそめそしていました」

「二十年前のわたしだって、もっと弱虫でしたよ」

今度は、はなとおまさが顔を見合わせた。

「おりきさんの二十年前――ですか？」

おまさも事情を知らぬようで、不思議そうに小首をかしげている。

おりきは大きくうなずいた。

「わたしにも、いろいろあったんです。若い頃は、惚《ほ》れた男をなかなかあきらめきれずに、泣いたこともありました」

　おまさが「えっ」と声を上げる。

「おりきさんが独り身を通しているのって、ひょっとして――」

「さあねえ」

　おりきは笑いながら、はなの近くに腰を下ろした。おまさも、はなの隣に腰かける。

「千住《せんじゅ》のほうで、百姓をやっている家の四男だったんだけどね。わたしと出会った当時は、指物師の親方のもとで修業していたのよ。家は長男が継ぐから、自分は職人になりたいと言って、伝手《つて》を辿《たど》って日本橋へ来たの」

　当時すでに堺屋で働いていたおりきは、奉公人に与えられる年二回の休みである藪入《やぶい》りの際、幼馴染《おさななじ》みと神田明神へ詣《もう》でた折に、その男と出会ったのだという。

「住み込みの奉公と言っても、わたしの実家は日本橋でね。ここから目と鼻の先なのよ。堺屋では、仕事に支障が出なければ親と会うことも許していただけたし、実家には兄夫婦が同居していたから、藪入りにわざわざ帰ることもなかったの」

　境内を走り回っていた子供に勢いよくぶつかられ、足を踏ん張った拍子に草履の鼻緒が切れてしまい、困っていたところを助けてくれた男に惚れてしまったのだと、おりきは語った。

「どうしようかと思っていたら、近くにあった茶屋の縁台に座らせてくれて、首に下げていた手拭いを引き裂いて、鼻緒を直してくれてね」

おりきは、ほうっと息をつく。

「困っている時に優しくしてくれる男は、どうして、みんないい男に見えてしまうんだろうねえ」

心当たりのある顔で、おまさが宙を仰ぐ。

「この人じゃなきゃ駄目だと思ってしまうんですよねえ」

おりきは大きくうなずいた。

「だけど本当に真面目ないい人だったのよ。お互いに、ひと目惚《ぼ》れでね。もう運命だと思ったわ」

おりきは苦笑した。

「でも違った。長男が死んで、実家に呼び戻されたの。次男も三男も、他の農家に婿養子に入ってしまっていたから、畑仕事を継ぐ者が他にいなくてね」

おまさが首をかしげる。

「長男に、子供は？」

「幼い女の子が二人だけ。まだ婿を取れる年でもなかったしね」

おまさは眉根《まゆね》を寄せた。

「それじゃ、おりきさんの大事なその人は、実家に帰って義姉《ねえ》さんと添わされたんですか？」

「そんな話も出たみたいだけど、どうなったかは知らない」

おりきは遠くを見つめるように宙を眺めた。

「戻ってきて家を継いでくれるなら、他の女を嫁に迎えてもいいと、親は言っていたみたい。だけど、町の女は駄目だって――」

おまさが眉間《みけん》のしわを深める。おりきは何でもないことのように笑った。

「暮らしが違い過ぎるから、畑仕事に耐えられないだろうと言われてね」

はなは目を伏せた。

自然を相手にする仕事は、確かに、商家の仕事とはだいぶ違う。

青物につく虫にひるまず、粗末な着物で土にまみれ、汗水垂らして体を動かす暮らしは、町育ちの女が馴染《なじ》めるまでにだいぶ時がかかるかもしれない。

または、馴染めないかもしれない――。

「一緒に千住へ行ってくれと言われたけれど、わたしは尻込《しりご》みしてしまったの。覚悟が持てなかったのね。そうしたら、相手は一人で千住に帰ってしまったわ」

目の前によみがえった過去を追い払うように、おりきは手を横に振る。

はなに向き直ると、おりきはまっすぐに目を見つめてきた。

「本当に好きだったの。ついていくべきだったんじゃないかと、しばらくの間ずっと未練に苦しんでいたわ。だから、はなさんの事情を聞いた時、まったくの他人事《ひとごと》とは思えなかった。結果はどうあれ、一度は武家に飛び込んだはなさんのこと、よく頑張った人だと思ったわ」

「おりきさん……」

そんなふうに見ていてくれた人がいたなんて――。

はなの胸が、じんと温かくなる。

おりきは励ますように、はなの肩をぽんと叩《たた》いた。

「こんな大年増《おおどしま》になったって、時々思い出すのよ。あの時ついていっていれば、今頃はどんな人生を送っていたんだろうってね。相手への未練なんか、もうとっくにないはずなのに――昔の胸の痛みだけが体に残って、ちくりと小さく心ノ臓を刺してくるの」

おまさが、はあっとため息をつく。

「わかります……言われたこととか、言ったこととか、思わず『わーっ』と叫び出したくなるくらい生々しく、何年前のことであっても時々ふっとよみがえってきたりしますよねえ」

おまさは、おりきをじっと見つめた。

「次の恋へ進めば、完全に思い出さなくなるんでしょうか？」

おりきは小さく唸《うな》った。

「千住に帰った男のあとも、いくつか恋をしたけれど、わたしはけっきょく思い出しているわねえ」

「だから今でも独り身なんですか？」

おりきは唸り声を大きくした。

「それとも違う気がするわ。時機を逃したというか、何というか――」

「まあ、これから何があるか、まだわからないですしね」

おまさの言葉に、おりきは「えっ」と目を見開く。

「四十も半ばを過ぎて、もうすぐ五十に手が届こうって女に、いったいこれから何があるっていうのよ!?」

おまさは意味深げに目を細めた。

「旦那《だんな》さまのお友達の、あのお方は、この頃やけに堺屋へ顔をお出しになると思ったら、必ずお尋ねになるんですってね。『おりきさんは元気かい？』って――台所のほうまで来て、おりきさんの姿を探していらっしゃるそうじゃありませんか」

　おりきの頬が、ぽっと赤く染まる。

「嫌だ、何を言っているの。旦那さまと奥さまが、あちらのお孫さんをお預かりになった時に、ちょっと子守りをお手伝いしただけで――そう、お孫さんまでいるお方なんですよ」

「奥さまは何年も前にお亡くなりで、あちらのお嬢さま方は『男手ひとつで苦労して育ててくれたおとっつぁんの隠居したあと、誰かそばにいて支えてあげてくれるいい人がいればいいのに』とおっしゃっているそうですよ」

　おりきは、ぷいとそっぽを向く。

「わたしには関係ありませんよ」

　おまさは真面目な顔で、はなに向き直った。

「というわけで、わたしも幸せをあきらめないことにしたんです。だから、はなさんもあきらめちゃいけませんよ」

　おりきが、おまさを睨《にら》みつける。

「何が『というわけで』なんですか、まったく！」

廊下から足音が聞こえてきた。おすまと、おたけだ。

「ここで三人で何をしているんですか？」

「お昼の支度を始めないといけませんよ」

おりきは、はっと我に返った顔で立ち上がる。

「もうお昼！　大変だわ、急がなくちゃ」

おりきは顎《あご》を引いて、表情を引きしめた。女同士の打ち明け話をしていた気さくな顔が、きりりと引きしまり、みなを束ねる女中頭の顔に戻る。

「おまささんとはなさんは、握り飯を作ってください。おすまさんは味噌《みそ》汁《しる》を、おたけさんは菜をお願いします」

「はい！」

持ち場について、昼食の支度を始める。

はなは心を込めて丁寧に握り飯を作りながら、先ほどまでの重苦しかった心が軽くなっていると感じていた。

おまさと、おりきのおかげだ。

二人とも自分の過去をあけすけに語って、はなに寄り添ってくれた。

その優しさに感謝しながら、はなは握り飯を作り続けた。

頑張れ、頑張れと、仕事に励む奉公人たちへ胸の内で声援を送るように――そして自分に対しても、つらさに負けるなと言い聞かせるように、飯を握り続けていく。

美味《おい》しい食事で力をつけて、前へ進むのだ。

はなは口角を引き上げて、でき上がった握り飯を皿の上に載せていった。


勝手口から冬馬がひょっこり顔を出したのは、翌日の朝だった。朝食を終え、台所の片づけをしていた時である。

「明日からしばらく、おれも堺屋でお世話になります」

満面の笑みを浮かべる冬馬に、はなは目を瞬かせた。

「ご隠居のお世話はどうするんですか？　喜楽屋の手伝いにも入っていましたよね」

冬馬がうなずいて、はなの前に立つ。

「喜楽屋の手伝いは、昨夜で終わりました。この数日で、いろんなことが急に決まりまして――」

おりきが心得顔で冬馬の横に並んだ。

「明日の餅搗《もちつ》きから張り切って働いてもらうと、旦那さまがおっしゃっていましたよ」

冬馬がげんなりと顔をしかめる。

「おれは餅搗きの翌日からでもよかったんですけどね」

「またまた、そんなこと言って」

おりきは笑いながら冬馬の背中を叩いた。

「餅搗きのような行事に加われば、若い手代たちと打ち解けるのも早いだろうという旦那さまとご隠居さまのご厚意に、本当は感謝しているくせに」

まあ、そうですねと言わんばかりに、冬馬はひょいと肩をすくめた。

「だけど冬馬さん、寂しいでしょう」

おりきが気遣わしげな目を冬馬に向ける。

「江戸へ来てから八年の間ずっと、ご隠居と一緒でしたものねえ」

冬馬は素直にうなずいた。

「おれは、ご隠居の最期までしっかりお世話してから、自分の道へ踏み出そうと思っていたんですけど――ご隠居が『やはり、それではいかん。わしが死んでからでは遅過ぎる』とおっしゃいまして――」

冬馬が、ちらりとはなを見る。

「喜楽屋の今後を考えた時に、先々のいろんなこともお考えになったそうです。それで、いい機会だとおっしゃって、将来小間物屋をやりたいというおれの夢も動かしてくださったんですよ」

まずは堺屋で働き、大店《おおだな》で経験を積むのだという。その次は、もう少し小さい店へ移り、冬馬が思い描いている規模に近い状況に身を置いてから、いよいよ店を持つという流れだ。

ご隠居はすでに、冬馬の店となる場所を探し始めているという。

「堺屋では一人でも多くのお客と接したいんです。どんな年齢の人が、どんな品物を好むのか――色や、絵柄や、形――おれも数多くの品に触れさせてもらって、取り扱い方や流行を、どんどん学ばないといけません。子供の頃から奉公している者たちに比べれば、おれは店に出るのが遅過ぎるんですから」

冬馬は腕組みをして目を伏せる。

「年末の忙しい最中に突然やってきて、いきなり店に出してもらえるんじゃ、他の奉公人たちに申し訳ないんですけどね」

「堺屋の奉公人に、他人をひがむような者はいませんよ」

おりきが得意顔で胸を張る。

「それに、冬馬さんはご隠居の秘蔵っ子だと、みんなわかっていますからね。読み書き算盤《そろばん》や行儀作法、お茶に歌の知識まで、ご隠居が直々にお教えになったと伺っていますよ」

冬馬は自信なげに首をかしげた。

「読み書き算盤はともかく、お茶や歌はほんの少しかじっただけですよ」

おりきは睨むように横目で冬馬を見やる。

「その『ほんの少し』が、世間で言うところの、いったいどれくらいなんでしょうかねえ。ご隠居さまのご友人は、みなさま粋人ばかり――お茶の師匠や、歌の師匠だって、何人もいらしたでしょう？」

「ええ、まあ――遊びだからとおっしゃって、簡単な手ほどきをしていただいたことはありますが――」

それ見たことかと、おりきはさらに大きく胸を張った。

「その、遊びとおっしゃる『簡単な手ほどき』に、いったい何人が列をなして教えを乞《こ》いたがっていると思っているんです？」

じっと考え込むように、冬馬は口をつぐんだ。

おりきが優しく微笑む。

「もっと自信を持って大丈夫ですよ。ご隠居が店に出ていいとおっしゃったということは、冬馬さんならじゅうぶん対応できるということです。旦那《だんな》さまだって、無理だと思えば、ご隠居が何とおっしゃろうが首を縦には振らなかったはずですよ。堺屋の暖簾《のれん》に傷をつけるような者を、店に置くはずがないんですからね」

冬馬の顔に、はにかんだ笑みが浮かぶ。

「はい、ありがとうございます」

おりきは満足そうに目を細めた。

「あの、おせいさんは――」

はなは思わず口を挟んだ。

「喜楽屋はどうなるんでしょうか」

切羽詰まった声で問えば、冬馬は表情を引きしめて、はなに向き直る。

「今日から正月明けまで、店は休むことになっています。おせいさんも年末年始はいつもより長い休みを取って、のんびり過ごし、新しい奉公人を雇ってから、来年の店開けに備えるということになりました」

新しい奉公人――。

はなの胸に痛みが走る。

だが口角を引き上げて、はなは笑った。

「そうですか。長年ずっと頑張ってきたんですもの、この辺りで、おせいさんもゆっくり休まないといけませんよね」

冬馬はおどけた顔で、大げさに眉《まゆ》を吊《つ》り上げた。

「おせいさん、こんな顔して言ってましたよ。『嫌だわぁ。なかなか疲れが取れないだなんて、わたしも年よねえ』って」

まるで福笑いのように、大きく目、鼻、口を動かす冬馬に、おりきが吹き出した。台所の奥にいた、おすま、おたけ、おまさも笑っている。

はなは、ほっと息をついた。

「おせいさん、お元気なんですね？」

「はい」

冬馬は真面目顔に戻った。

「昨夜も顔色は悪くありませんでしたし、ちゃんと賄も残さずに召し上がっていましたよ」

「よかった……」

はなの頬がゆるんでいく。

新しい奉公人が来て、一抹の寂しさを感じても、おせいが元気で喜楽屋を続けていけるのならば、それで満足だ。喜楽屋を心の拠《よ》り所のひとつとして、はなも新しい場所で頑張ることができる。

おりきが冬馬の顔を覗《のぞ》き込んだ。

「ご隠居の新しいお供はどうなりました？」

冬馬の目が一瞬寂しそうに揺らぐ。

「今朝から、ご隠居のおそばに控えていますよ。仁助《にすけ》さんといって、とてもいい人です。根岸の隠居所には、夫婦で住み込んで、ご隠居のお世話をしてくれることになっています」

おりきが納得したような顔で目を細める。

「なるほど、夫婦者ですか——力仕事を請け負ってくれる者と、台所仕事や繕い物なんかの細々とした用事を請け負ってくれる者——ご隠居は、いよいよ床に就いた時のことをお考えになったのねえ」

冬馬は静かに目を伏せた。

おれ一人で両方こなせたのに——と言いたげな顔だ。

だが、冬馬の将来を考えて、ご隠居は冬馬を手放すと決めたのだ。冬馬自身も、ご隠居の厚意をよくわかっているから、新たな一歩を踏み出すと決めたはずだ。

冬馬は気を取り直したような笑みを浮かべて、ぐるりと女中たちの顔を見回した。

「それでは旦那さまにご挨拶《あいさつ》して、仁助さんがご隠居のもとへ到着したとお報《しら》せしてきます。お忙しいところ、お邪魔いたしました」

一礼して、冬馬は颯爽《さっそう》と奥へ向かう。

おりきが顎《あご》を引いた。

「さあ、わたしたちも仕事に戻りましょう」

「はい！」

台所の片づけを手早く終えて、各自の持ち場へ散った。

はなは箒《ほうき》を手に、勝手口へ向かった。

勝手口周りを掃き清めたあとは、裏木戸を出て、裏通りの掃除だ。

おりきが、ちらりと気遣わしげな目をはなに向ける。はなは笑顔で力強くうなずいてみせた。

もし、また通りすがりの者の心ない言葉を耳にしたとしても、大丈夫――堂々と胸を張って、自分の仕事に取り組めばいいのだ。

「掃除にいってきます」

宣言して、はなは台所の外へ出た。

翌日の餅搗《もちつ》きは勝手口の前で行われた。

日中に店を開けながら行う餅搗きなので、若い手代たちが交代で店と台所付近を行き来している。

はなは仕事の合間に勝手口から餅搗きを眺めた。

「よいしょ！」

手代が勢いよく杵《きね》を振り下ろし、餅を搗く。

「はいっ」

杵が再び上がった瞬間に、おりきが素早く臼《うす》の中の餅を引っくり返す。

「えいしょ！」

「はいっ」

「よいしょ！」

「はいっ」

「えいしょ！」

「はいっ」

搗き手も合いの手も、互いに一定の調子を崩さない。

毎年恒例で、手代もおりきも慣れているのだろう。まさに阿吽《あうん》の呼吸だ。搗き手が代わっても、互いに調子は乱れない。

搗き手が冬馬に代わった。

お手並み拝見と言いたげに、おりきが挑むような笑みを見せる。冬馬は、にやりと自信ありげに口角を引き上げた。

「おれは根岸でも毎年、餅搗きをしていたんですよ」

おりきの手元をちらりと見てから、冬馬が杵を振り上げる。

「よいしょ！」

振り下ろされた杵が再び上がった瞬間に、おりきは臼の中の餅を引っくり返した。

「はいっ」

冬馬はおりきをちらりと見ながら杵を振り下ろす。

「よいしょ！」

おりきが合いの手を入れる。

「はいっ」

二人の調子が上がった。

「よいしょ！」

「はいっ」

「よいしょ！」

「はいっ」

これまでで最も速い餅搗きになった。

周りで見ていた手代たちから歓声が上がる。

すでにでき上がった餅を伸《の》し棒で大きな長四角に伸ばしていた、おすまとおたけが手を止めて、勝手口まで出てくる。

「冬馬さん、すごいわ」

「おりきさんも、さすがねえ」

はなとおまさも感嘆の息をついて、しばしの間、冬馬とおりきの餅搗きに見入っていた。

搗き手が、また代わる。

臼から離れた冬馬は、他の手代たちから親しげに声をかけられていた。興奮したように冬馬の肩を叩《たた》いて、称賛の声を上げる者もいる。

おりきが言っていた「餅搗きのような行事に加われば、若い手代たちと打ち解けるのも早いだろうという旦那《だんな》さまとご隠居さまのご厚意」は、まさに正しい読みだったのだと、はなは感じ入った。

伸太郎は上に立つ者として、常に「人の和」を大事にしているのだろう。奉公人たちの心がひとつになって、客のために一丸となって尽くすことができれば、おのずと店は繁盛する。あくまでも、金勘定が先ではなく、心が先なのだ。

先代から次代へと、代々引き継がれていく堺屋の心構えに違いない。

正月用の伸し餅を作る合間に、手代たちが搗き立ての餅を運んできた。餅取り粉を敷いた桶《おけ》に入れてある。

「おまささん、はなさん、お願いします」

台所の中まで運び入れてもらった餅を、餅取り粉を敷いた伸し板の上に移した。

おまさと二人で、餅を小さくちぎって丸めていく。

醤油《しょうゆ》をかけた大根おろしにまぶして、辛味《からみ》餅《もち》にするのだ。辛いものが苦手な小さな小僧たちや、甘い物が好きな者のために、砂糖と少量の塩で煮た小豆《あずき》も用意してある。

搗き立ての餅を味わえるのは今日だけなので、まだ搗き手になれない小さな小僧たちも交代で台所へ来て、餅をもらえることになっているのだ。

「そろそろ小僧たちを呼んできてもいいでしょうか？」

　冬馬が台所に入ってきた。

「きっと、いつお呼びがかかるかと、うずうずしていますよ」

　はなの手元を覗《のぞ》き込んで、冬馬は大げさに腹を押さえる。

「ああ、おれも早く食べたいです」

　はなとおまさは笑いながら、手早く辛味餅と小豆餅を作る。はなが辛味餅を受け持ち、おまさは小豆餅を受け持った。

　椀《わん》によそった餅を、長さ二尺（約六〇センチメートル）はある大きな盆に載せていく。

「小僧さんたちを呼んできてください」

「合点！」

　言うが早いか、冬馬が小走りで台所を出ていく。

　すぐに三人の小僧たちが勝手口の前に現れた。外から台所を覗き込み、餅を見ながら目を輝かせている。餅を載せた盆を運んでいくと、わっと歓声を上げた。

「はなさん、こちらで配りますよ」

　手代の一人が盆を受け取ってくれた。

「みんな、こっちに並べ。出入口はふさぐなよ」

手代が盆を持って動けば、小僧たちはわらわらとついていく。

「小さいやつから順番に並べ」

小僧たち全員が餅を手にすると、今度は搗き手を終えた手代たちが餅を受け取る。

勝手口付近に用意された床几《しょうぎ》に座って、みな和気あいあいと食べていた。

餅を食べ終えた者から仕事に戻り、店にいた者と交代していく。

「ごちそうさまでした」

冬馬が空になった椀を集めて台所まで運んできた。

「はなさんも、あとでたっぷり召し上がってください。はなさんのすごさを、おりきさんの耳にも入れておきましたから、遠慮しなくて大丈夫ですよ」

「まあ！　冬馬さんったら！」

あははと声を上げて笑う冬馬につられて、はなも笑い声を漏らした。

こんなふうに屈託なく笑ったのは久しぶりだと、ふと思う。

はなは勝手口に顔を向けた。

外からは、小僧たちの楽しげな声が聞こえてくる。店に客がいるので、みな小さな声で控えめに話しているが、いつもより明らかにはしゃいでいる。

冬馬も勝手口を見て目を細めた。

「こういう行事は大事にしないといけませんね」

はなはうなずいた。

美味《おい》しい物が振る舞われる行事は、小さいうちから親元を離れて奉公に出た小僧たちの励みにもなるだろう。また、上の者と下の者が一緒に同じ物を食べる機会が増えれば増えるほど、絆《きずな》も増すのかもしれない。

「根岸でも毎年、餅搗《もちつ》きをなさっていたそうですが、やっぱり辛味餅と小豆餅を召し上がっていたんですか？」

はなの問いに、冬馬はうなずく。

「堺屋と同じです。年寄りが餅を喉《のど》に詰まらせちゃいけませんので、堺屋よりもっと小さくしていましたが――やはり年末の餅を見ると、もうすぐまたひとつ無事に年が取れるのかと、みなさま感慨深げなお顔になっていらっしゃいましたね」

やはり行事は大事なのだと、はなはつくづく思った。

「この時季になって思い出す食べ物といえば、やっぱり冬馬さんも、辛味餅と小豆餅ですか？」

冬馬は小首をかしげる。

「そうですねえ——師走《しわす》（旧暦の十二月）の食べ物といえば、年越し蕎麦《そば》もありますけど——おれが毎年この時季に思い出す食べ物は、鯛飯《たいめし》かな」

意外な言葉が返ってきて、はなはきょとんとする。

冬馬は照れくさそうに後ろ頭をかいた。

「ご隠居に新しい名をもらったあと、初めて食べた物が、鯛飯だったんですよ」

ご隠居が冬馬の名づけ親と知っているのか、おすまたちも驚いた様子はなく、手を動かしながら黙って聞いていた。冬馬も、隠す必要などないと思っているような表情だ。

勝手口から入ってきたおりきが水瓶《みずがめ》から湯呑茶碗《ゆのみぢゃわん》に水を汲《く》みながら、ちらりと冬馬に目を向ける。戸口で話し声が聞こえたようで、無言で小さく手を振って話の先を促した。

「泊まった旅籠《はたご》の部屋に大きな土鍋《どなべ》が運ばれてきて、蓋《ふた》を取ったら、鯛が丸ごとばーんと炊き立ての飯の上に載っていたんです。ご隠居が特別に注文なさった品だそうで——目の前で女中が鯛をほぐして、飯に混ぜ込んで、よそってくれたんですけど——まるで夢を見ているようでした」

恩人に食べ物を買うため、盗みを働こうとした冬馬だ。湯気の立ち昇る土鍋の中に入った、尾頭つきの鯛を見て、さぞ驚いたことだろう。

しかも、ご隠居が特別に注文したということは——。

「おれが生まれ変わった祝いだと思いました」

はなは大きくうなずいた。おりきも、女中の三人も、うんうんと首を縦に振っている。

はなは、おせいが用意してくれた小鯛《こだい》の塩焼きを思い出した。駒場を出て喜楽屋へ行き、泊まった翌朝に、おせいが作ってくれた食事の中の一品だ。

やはり鯛を見た時には、新しい門出に幸あれと、縁起物に祈りを込められているように感じた。

冬馬は懐かしそうに目を細める。

「生まれて初めて食べた鯛飯は、本当に美味《うま》かったです。一膳《ぜん》目はそのまま食べて、お代わりの二膳目には澄まし汁をかけて——ひとつの料理で二度美味しい物があるっていうのも、初めて知りました」

水を飲み終えたおりきが思案顔になった。

「それじゃ、今日の夕食は鯛飯にしましょうか」

冬馬が「えっ」と目を見開く。

おりきは得意げな顔で腰に手を当て、どんと自分の胸を叩《たた》く。

「今日は小鯛の塩焼きを膳につけることになっていたのですよ。旦那《だんな》さまが『冬馬の新しい門出だから』とおっしゃいましてね」

おすま、おたけ、おまさの三人が顔を見合わせる。

「親子ですねえ。考えることが一緒じゃありませんか」

「本当だわ」

「塩焼きじゃなくて、鯛飯にしましょう」

冬馬は一同を見回した。

「いや、だけど、塩焼きにするよりも手間がかかってしまうんじゃありませんか？」

おりきが、ずいっと冬馬の前に出る。

「何てことはありませんよ。鯛飯を食べたくはないんですか？」

「いや、それは——食べたいですけど——」

「大勢の分をいっぺんに炊き込みますから、今日は一人ずつに尾頭つきの土鍋を出して目の前で混ぜ込むというわけにはいきませんけど——出汁《だし》を多く取って『ひとつの料理で二度美味しい』は、できますよ」

冬馬はごくりと喉を鳴らした。

「形にはこだわりません」

おりきは笑いながら、冬馬の背中を力強く叩いた。

「それなら夕食を楽しみにしておいでなさい。旦那さまには、わたしから話しておきます」

嬉《うれ》しさと気恥ずかしさが入り混じったような顔で、冬馬はぺこりと頭を下げた。

仕事に戻っていく冬馬の後ろ姿を見送りながら、はなは温かい気持ちで台所に立っていた。

小鯛のうろこを包丁で丁寧に取っていく。三枚に下ろして小骨を抜き、塩を振ってしばらく置いてから、ほどよい色がつくまで七輪で焼く。あらも同じようにして焼く。

焼いたあらと昆布で取った出汁に、酒と醤油《しょうゆ》と少量の塩を加え、研いだ米を四半時（約三〇分）ほど浸してから、米の上に鯛の身を載せて炊き上げる。

おまさが竈《かまど》の前で、すんすんと鼻を動かした。

「いいにおいですねえ」

おすまが笑いながら、おまさを真似して鼻を動かす。

「あらと昆布から、いい出汁が出ているからねえ」

おたけが鍋《なべ》の中を覗《のぞ》き込む。

「そのまま食べる鯛飯も、出汁をかけて食べる鯛茶漬けも、どっちも楽しみだわ。みんな今日はお餅も食べているし、一膳目は軽くよそいましょうか」

おすまが小首をかしげる。

「それが無難かもしれないけど――きっと、みんな次々にお代わりするわよ。食べ盛りが大勢いるんだもの」

おりきが笑顔で、はなを見た。

「はなさんも、たくさん食べていいんですからね」

「冬馬さんが言ったことは、気にしないでください！」

慌てて手を横に振るはなに、おりきは笑みを深めた。

「大丈夫。冬馬さんに言われる前から、ちゃんと聞いていましたからね」

「えっ、誰にですか!?」

はなは一瞬目を丸くするも、すぐに悟った。

ご隠居や伸太郎から聞いた話かもしれないが――はなが喜楽屋を出て武家に入ろ

うとしたことも、通りがかりの者が知っていたくらいだ。隠してもいない大食いの話を、おりきがとっくに知っていても不思議はない。

かつては「鎌倉海老《えび》と引き換えに売られた女」だの「鎌倉海老を追いかけて江戸に来た女」だの、めちゃくちゃな噂話を流されたこともあった。相撲取りの雷衛門《らいえもん》に食べ勝った経緯だって、もしかしたら面白おかしく町の者たちに伝わっているのだろう。

おりきは活を入れるように、はなの背中をぱんと叩いた。

「悪いことをしているわけじゃないんだから、しゃんとしておいでなさい」

「はい」

背中から、じんわりと温かさが広がっていく。

おりきは一同を見回した。

「お代わりは鯛茶漬けがいいと言う人が多ければ、よそう時に、いつもより少し手間がかかってしまいますが——はなさんが入って、人手も増えています。気持ちよくみんなに食べてもらえるよう、手際よくやりましょう」

「はい！」

四人の声が重なり合った。

鯛飯《たいめし》が炊き上がる。鯛の身をいったん取り出し、ほぐしてから飯と混ぜる。ふわっと広がる鯛や醬油の香りに、はなたちは小さな歓声を上げた。

「みんな喜びますねえ」

箱膳の用意をし、おひつや出汁を広間まで運ぶと、はなたち女中は下座に控えた。

仲太郎一家と奉公人が集まり、それぞれの席に着く。

上座に座った仲太郎が相好を崩して膳の上を見た。

鯛飯、豆腐と葱《ねぎ》の吸い物、香の物、きんぴら牛蒡《ごぼう》――。

手代や小僧たちも目を輝かせて膳の上を見つめている。

「では食べよう」

「いただきます！」

みな一斉に食べ始めた。

若い奉公人たちは勢いよく頬張り、年配の奉公人たちはじっくりと嚙《か》みしめている。

仲太郎も、仲太郎の妻ちやこも、満足そうに目尻《めじり》を下げて味わっていた。三人の子供たち――長男である十歳の章太郎《しょうたろう》、八歳の長女いく、六歳の次女りのも、美味《おい》しくてたまらないという表情で箸《はし》をせっせと動かしている。

はなは下座に控えながら、みなの様子に目を配った。

空になった飯茶碗《めしぢゃわん》を手に、もじもじと周囲を見回している手代がいる。

「お代わりはいかがですか？」

はなが声をかければ、ぱっと嬉しそうな笑みを浮かべた。

「お願いします！」

「お茶漬けにもできますよ」

手代は目をつぶって「うーん」と唸《うな》り声を上げた。

「どっちにしよう――どっちもいいなぁ――ああ、なんて幸せな悩みなんだろう」

どっと笑いが起こる。

目を開けた手代は、はなに向かって飯茶碗を差し出した。

「お茶漬けでお願いします」

「かしこまりました。少々お待ちください」

鯛飯をよそい、出汁をかけてやれば、手代はうやうやしく受け取って、さっそく食べ始めた。

「最高だ！」

また笑いが起こる。

若い者たちの姿を眺めていた番頭が、ふうっと息を漏らしながら微笑んだ。

「おまえたち、旦那《だんな》さまに感謝しなくてはいけないよ。何の遠慮もなくお代わりができる奉公先ばかりではないのだからね。献立だって、旦那さまたちとまったく同じ物を、分け隔てなくいただいている」

奉公人たちは居住まいを正して表情を引きしめた。

「はい」

仲太郎は優しく目を細めて一同を見渡す。

「堺屋で働く者はみんな、苦楽をともにする身内だ。同じ物を食べるのは、堺屋代々のしきたりでね」

仲太郎の隣では、妻のちやこがうなずいている。三人の子供たちも神妙な顔で居住まいを正していた。

仲太郎は可愛い我が子を見るように、手代や小僧たちの顔を順に見つめた。

「さあ、お食べ。お代わりも、どんどんしなさい。明日も頑張ってもらわなくちゃならないんだからね」

「はい！」

堺屋の食事風景に、はなの胸は感慨に満ちる。

ちらりと冬馬を見れば、すっかり手代たちの中に溶け込みながら、感動したような表情で鯛飯を噛みしめていた。

ご隠居から学んだこと、堺屋で体験したことを、いつか冬馬は必ず自分の店に活《い》かすのだろうと、はなは思った。

「はなさん、ちょっとこちらへ――」

険しい表情の仲太郎に声をかけられたのは、その翌日である。ちょうど昼食のあと片づけを終えたところだった。

仲太郎じきじきの呼び出しとあって、はなはどきりとする。新しい奉公先となる料理屋が見つかったとか、そういう前向きな話でないことは、仲太郎の顔つきからして一目瞭然《いちもくりょうぜん》だ。おりきたち他の女中も心配そうに眉《まゆ》をひそめている。

もしや先日の通りがかりの男たちのように、はなの陰口を叩《たた》く者が現れて、堺屋に迷惑をかけたのだろうか――「あんな女を雇うなんてどうかしている」などと、店先で広めたとか――。

悪い想像が、はなの頭の中を駆け巡った。

重苦しい気持ちを抱えながら仲太郎のあとについて廊下を進み、はなが初めて堺屋へ来た時に通された部屋へ入る。

上座にご隠居が座っていた。硬い表情でうつむき、腕組みをしている。

ご隠居の隣に腰を下ろした伸太郎に、はなも座るよう促された。

いったいどんな事態かと思いながら、二人の前に居住まいを正して一礼する。

はなが身を起こすと、ご隠居がやっと顔を上げた。

「おせいが倒れた」

出し抜けに言われて、はなは息を呑《の》む。

予想していたよりも悪い事態だ。

はなの手が震えた。

「どうして――おせいさんの容態は――いつ倒れたんですか!?」

唇がわななく。膝《ひざ》の上で、ぎゅっと両手を握り合わせた。

「倒れたのは昨夜だ。命に別状はない」

ご隠居の言葉が耳に入るも、はなは安堵《あんど》することができない。

「だって先月も倒れて――おせいさんは元気だって、冬馬さんに聞きましたけど――本当は、何か悪い病気なんじゃ――」

ご隠居は首を横に振る。

「医者の見立てでは、やはり心ノ臓も弱っているが、このところの心労が重なったのではないかという話だった」

心労――。

はなは歯を食い縛る。身に覚えがあり過ぎた。

「あたしのせいです。あたしがたくさん心配をかけたせいで、おせいさんは倒れたんですよね⁉」

はなは拳《こぶし》を握り固め、自分の腿《もも》を強く叩いた。

「あたしが自分のことしか考えないで、みんなを振り回したから――」

疫病神にでもなった気分だ。

はなが江戸へ来なかったら――駒場へ行かなかったら――と、今さら悔いても仕方のないことが頭の中を駆け巡っていく。

はなは何度も自分の腿を強く叩いた。

「はなちゃん、落ち着け」

「だって――」

ご隠居にたしなめられても、落ち着いてなどいられない。

何も考えられなくなった頭の中で「おせいさん、おせいさん」と、念仏のようにただ、おせいの名を呼び続ける。

おせいの笑顔が暗闇の向こうに引きずり込まれていくような気がした。

ぞっと背筋に悪寒が走る。

「あたしを喜楽屋に戻してください」

はなは這《は》いつくばって、頭を下げた。

「おせいさんのそばにいさせてください。看病させてください。おせいさんが治るまでの間――どうか、お願いします！」

「それには及ばんよ」

ご隠居の言葉に、はなは頭《かぶり》を振った。

「お願いします！　何でもしますから！」

身を起こして詰め寄れば、ご隠居が困り顔で苦笑した。

「おせいは根岸へ連れていこうと思っているんだ」

はなは目を瞬かせた。

「根岸――？」

ご隠居がうなずく。

「喜楽屋の二階にいれば、おせいが落ち着いて養生できんだろう。店を閉めていても、店のことが気になって、気が休まらんはずだ。そして、けっきょく無理をしてしまうんだ。わかりきっとる」

ご隠居はなだめるように、はなの肩をぽんぽんと叩いた。

「冬馬から聞いておるかもしれんが、ちょうど新しく夫婦者を雇ったところだ。根岸には今、女手もある。わしも暇な隠居だから、おせいが無理をせんよう、しっかり見張ることもできる。隣近所も、みんな穏やかだ。養生先として、もってこいだと思うがね」

はなは動揺した。

「おせいさんが喜楽屋から――神田からいなくなる――？」

堺屋のある日本橋と、喜楽屋のある神田は近い。離れていても、すぐ近くにいるような気持ちでいられたのに。

ご隠居は落ち着かせるように、はなの肩に手を置いた。

「そんな悲愴《ひそう》な顔をすることはないぞ。根岸だって、そう遠くはない。寛永寺《かんえいじ》の裏へ回れば、すぐだからな。会おうと思えば、いつだって会えるんだ。わしだって、ちょくちょく、こっちへ来ておるだろう」

はなはうなずくが、おせいが喜楽屋から離れる事態への戸惑いは消えない。

おせいあっての喜楽屋なのだ。おせいがいなくなってしまえば、たとえ店の暖簾《のれん》がかかっていたとしても、そこはもう喜楽屋ではなくなってしまうと思った。

「おせいの様子を見て、駕籠《かご》に乗せられるようなら、明日にでも根岸へ連れていこうかと思っておるんだ」

はなは呆然《ぼうぜん》とした。

「明日——そんな早くにですか？」

「年越しは、みんな忙《せわ》しない。隣近所に頼むにも、限度があるだろう。一人で置いておくのも心配だしな」

言われてみれば、もっともだが——明日で二度とおせいに会えなくなってしまうような気がした。

来年はなの新しい奉公先が決まれば、根岸まで会いにいくこともままならないだろう。

はなは伸太郎に向かって両手をつき、頭を下げた。

「お願いします。喜楽屋へ行かせてください。どうしても、おせいさんに会いたいんです。おせいさんが根岸へ行ってしまう前に、どうしても——」

畳に額をすりつけて「お願いします」とくり返すと、伸太郎のため息が聞こえた。

「いいよ。行っておいで」

顔を上げれば、伸太郎が同情に満ちた目ではなを見ていた。

「心配するなと言っても、無理な話だ。おせいさんを見舞って、その目で無事を確かめてきなさい」

「ありがとうございます」

はなは部屋を飛び出した。

おりきに事情を話して、勝手口から駆けていく。

四半時もかからない道のりが、果てしなく遠く感じられた。

須《す》田町《だちょう》に入ると、今でもまだ「帰ってきた」と感じてしまう。もう、はなの居場所ではないというのに——。

通りに立って、はなは喜楽屋の戸口を見つめた。

暖簾がかかっていない店構えに不安をあおられる。

おせいが永遠に喜楽屋からいなくなってしまったらどうしようという思いが込み上げてきた。根岸へ養生にいって、そのまま戻ってこられなかったら——。

はなは頭を振った。

いや、そんなことはない。あっていいはずがないのだ。

はなは祈りを込めて、そっと戸に手を当てた。

銀次さん、どうか、おせいさんを守ってください――。

勝手口へ回ろうと、戸から手を離したところで、店の中から話し声が聞こえた。

はなは耳を澄ます。

「わたしも、いろいろ考えざるを得ませんでしたよ。どうしたら一番よそさまに迷惑をかけずに済むのか――」

おせいの声だ。

「だけど、けっきょく、根岸へ行ったら行ったで、ご隠居に迷惑をかけてしまうんですけどねえ」

「誰にも迷惑をかけずに生きている者などおるまい」

弥一郎の声もする。

はなは思わず勢いよく戸を引いた。心張棒はあてがわれておらず、するりと戸が開いた。

小上がりに腰かけていたおせいが目を丸くして立ち上がる。

「はなちゃん――いったい、どうしたの？」

のん気に聞こえた声に、はなは脱力した。敷居をまたいで土間に踏み入る。

「ご隠居に、おせいさんが昨夜また倒れたと聞いて――」

おせいは困ったように微笑んだ。

「心配して、駆けつけてくれたのね。でも、この通り大丈夫よ」

小上がりで茶を飲んでいた弥一郎が、ふんと鼻を鳴らす。

「おせいの『大丈夫』は信用ならぬからな。現に、『おとなしく寝ていろ』と言ったはずの隠居が目を離したとたん、店に下りてきておった」

はなは小上がりの前に立ち、弥一郎に向かって一礼した。

「小石川《こいしかわ》にも、お報《しら》せが届いたんですか」

「仁助と申す、隠居の新しい供が今朝訪ねてきたのだ。喜楽屋はしばらく店じまいだと申すので、様子を見にきた。店に隠居もいるという話だったが、隠居は堺屋へ行ったあとでな」

弥一郎は横目でじろりと、おせいを睨《にら》んだ。

「隠居の申す通り、やはり一人にしておくと危ない。必ず無理をするであろう」

おせいは唇をすぼめて、とぼけるように宙を見やった。

「戸口のほうから物音がしたので、誰か来たのかと思って下りてみたんですよ。弥一郎さまがいらっしゃるまでは、二階でおとなしく寝ておりました」

弥一郎は眉間《みけん》に深くしわを寄せた。

「嘘を申せ。おれが戸に手をかけた時、おまえの足音は土間から聞こえてきたのだぞ。身支度もすっかり整っておったであろう。直前まで寝ていた様子はまるでなかった」

おせいは口をつぐんで小首をかしげる。

はなは眉尻《まゆじり》を下げて、おせいの視線の先に回り込んだ。じっと目を合わせれば、おせいは叱られた子供のようにしょぼんとうなだれる。

「だって——少しの間とはいえ、ここを離れると思うと、何だか気弱になってしまって——だから、さっきは、またすぐに戻ってこられると自分に言い聞かせながら、店の中を見回していたんです」

おせいは目を潤ませて、涙声を震わせた。

「布団の中でじっとしていると、悪いことばかり考えてしまうんですよ。今までのすべてを失ってしまうような気になって——」

はなは首を横に振って、そっと、おせいの腕をつかんだ。

「そんなこと絶対にありませんよ。正月明けまでは根岸でゆっくり休んで、新しい奉公人が決まったら、また店を開けるんでしょう？　おせいさんは何も失ったりはしません」

　おせいは気を取り直したように口角を引き上げた。

「銀次が遺《のこ》した店を、これからも守っていかなくちゃいけないものね」

「そうですよ！」

　はなは明るい声を出した。

「喜楽屋がなくなったら、町のみんなが困るんですから、いつまでもお元気で店を続けてもらわないと――」

　今度は、はなの目が潤んでくる。

「本当に、すぐ帰ってきますよね？」

　おせいはうなずいて、天井を仰いだ。

「明日の朝までに、荷物をまとめなくちゃねえ。万が一、こはくが途中でどこかへ行ってしまったら大変だから、蓋《ふた》のついた籠に入れていったほうがいいかもしれないわね」

　はなも天井を仰いだ。

　こはくも喜楽屋からいなくなってしまうのか――誰もいない建物内に残してはい

けないのだから、根岸へ連れていくのは当然なのだろうが——たまらない寂しさが込み上げてくる。

「こはくの顔を見てきてもいいですか？」

「もちろんよ。奥の部屋にいるわ」

二階へ上がっていくと、こはくは以前はなが使っていた部屋に寝そべっていた。

そっと部屋へ入っていくと、顔を上げて、はなをじっと見つめる。

はなは、こはくの前に居住まいを正した。

「おせいさんを頼むね。そばにいて、おせいさんが無理をしないように見張っていてちょうだい」

わかっていると言うように、こはくは小さく「にゃ」と声を上げた。

はなは手を伸ばして、こはくを撫《な》でる。

「どうか、あたしの分まで、おせいさんを——」

はなは言葉を詰まらせた。

根岸についていって、おせいの世話をしたくなるが、今のはなには許されない。

今のはなは、堺屋の奉公人なのだ。

こはくが、はなの手をぺろぺろと舐《な》める。はなは、こはくを抱きしめた。

「おまえも元気でね。きっと、また会おうね」

顔に顔をすりつければ、こはくが頬を舐めてくる。

「にゃー」

おまえも元気で頑張れよと言われているような気がした。

はなが階下へ下りると、弥一郎が立ち上がった。

「おれは帰る。はなも堺屋へ戻れ。ここでぐずぐずしておると、おせいが休まらぬぞ」

「はい」

はなはおせいの前に立つと、口角を引き上げて笑った。

「お大事になさってください。一日も早いお戻りを、お待ちしています」

おせいも笑顔を見せる。

「ありがとう」

弥一郎が敷居をまたいで外へ出る。

「見送りはいらぬ」

振り返り、戸口へ向かおうとしたおせいを横目で制して、弥一郎は足を進めた。

はなも外へ出る。

弥一郎が腕組みをして、暖簾《のれん》のかかっていない戸口を眺めていた。はなも隣に並んで、暖簾がかかっていた辺りを見つめる。

「よけいな心配をせず、おまえは堺屋で励んでおればよいのだ。今は、それしかあるまい」

「はい」

町の喧《けん》騒《そう》を背に、はなと弥一郎はしばし喜楽屋の前にたたずんでいた。

霜月（旧暦の十一月）、師走と、怒《ど》濤《とう》のような日々が過ぎていき、もうすぐ今年も終わろうとしている。

年末の慌ただしさの中に、はなにとっての激動はまぎれていくと思っていた。

堺屋の台所で奉公人たちのために年末年始の料理を作り、夢中で体を動かしているうちに、何もかも忘れて、今年最後の数日を穏やかに過ごせるのではないかと期待していた。

だが、どうしても、おせいへの心配が募る。

そして憂いの中に沈んでしまうと、新しい暮らしの中で思い出さないようにしていた、良太の笑顔が頭に浮かんできてしまう。

いったい、どうして、こんなことになってしまったのか——。

自らの決断のせいだとわかっていながら、どうして、どうしてと、つい胸の内でくり返したくなってしまう。

はなは隣を見上げた。

もしも、あの時——弥一郎に「おれにしておけ」と言われた時、うなずいていたら——武家で生きることなどできぬと早々に悟り、弥一郎の手を取っていたら——。

そんな邪《よこしま》な考えが、突然むくむくと湧いてきた。

弥一郎は言ってくれたのだ。

——おまえが望むなら、身分など捨て、鎌倉の村で暮らしてもよい——おれなら、いつでもおまえのそばにいてやれる——。

思い出した言葉が、はなの中で甘美に響く。

どんなに望んでも、良太はそばにいてくれない。御家を捨てられるはずがない。

だから、別れた。

はなが自分らしく生きられる場所に、良太はいないと気づいたから。

良太と添い遂げようとすればするほど、生き方の違いに苦しくなってしまうとわかったから。

良太でなければ駄目だと、あれほどかたくなに言い張っていたのに——いざ一人になって、不安になれば、ふと誰かに頼りたくなってしまう自分がいる。

自分の気持ちに、はなは動揺した。

もしも今、もう一度、弥一郎が「おれにしておけ」と言ってくれたら——。

弥一郎が、はなを見た。目が合って、思わず、どきりとする。肩が、びくりと跳ねた。弥一郎が怪訝《けげん》そうに眉《まゆ》をひそめる。

「どうした」

はなは慌てて首を横に振る。

「いえ——何でも——」

と言った声は上ずっていた。

はなは泣きたくなる。

どうして、こんな気持ちになってしまうのだ。

弱さをかざして、わぁわぁと泣き崩れてしまいたくなる。

泣いてしまわぬよう、はなは歯を食い縛った。

いったい、いつまで、こんなことが続くのだ。望む場所を手に入れるまで、満たされない思いは続いて、何度も誰かにすがりたくなるのだろうか。

別れたあとも良太を想い続けるつらさから目をそらすために——いつか本当に、良太を忘れてしまうために——？

はなの頭の中に、良太の笑顔が色濃く浮かび上がってくる。

——この先何があっても、おれの気持ちは変わらない——永遠に、ずっと、おまえを愛する——。

良太のあの告白が、はなの胸をしめつける。

どんなに恋しくても、もう二度と会うことはできないのだ。

過ぎゆく時の中で、記憶の波に揉《も》まれ薄れていく愛だけを頼りに、一人で強く生きていけるだろうか。

たくましく生きてゆかねばならぬと固く思っていたのに、怖さが込み上げてくる。

ぐらりとふらつきそうな我が身が、風に飛ばされそうになっている枯れかけた木の葉のように思えてきた。

「この先あたしは、いったい、どうしたらいいんでしょうか」

ぽろりと口から言葉がこぼれた。

「望んだ未来へ、ちゃんと辿《たど》り着けるんでしょうか——一人で——」

「知らぬ」

弥一郎の眼差《まなざ》しが冷たく注がれた。

「覚悟して、良太の手を離したのであろう。弱音を吐きたくなったとしても、甘える相手は、おれではない」

はなの顔が強張《こわば》った。浅ましい心をすべて見透かされている気がした。

羞恥《しゅうち》に頬が火照る。足元の地面が裂けて地中に飲み込まれ、一瞬でこの場から消えてしまいたいと思った。

「良太も今、懸命にもがいておるはずだ」

はなの胸の真ん中に、ずしりと重い杭《くい》が打ち込まれた気がした。

せっかく伊澤家の養女にしてもらえると思ったところで、はなが白紙にしてしまった縁談――。

最後まで優しかった良太の心中をおもんぱかると、胸が張り裂けそうになる。

やっと見えてきた二人の未来を、はなが壊してしまった罪は消えない。

「おれが悪い」と、良太はみなの前で頭を下げてくれたが、最後の最後になって話を引っくり返してしまったのは、はなだ。やはり自分が悪いとしか思えない。

「くり返すが、今は堺屋で励んでおれ。何事も、決して無駄にはならぬのだ」

弥一郎は左手で、ぎゅっと右腕をつかんだ。

「苦悩の日々も、きっと明日の糧になる——おれも最近になって、ようやく、利き腕の怪我を受け入れられるようになった」

弥一郎の目元が、わずかにゆるむ。

「つらい出来事に向き合うのは難しい。自分だけでなく、周りを傷つけることもあるからな。しかし、それでも、今できることに懸命に取り組むしかないであろう」

「はい——」

はなはうなだれた。

「堺屋へ戻ります」

一礼して、日本橋のほうへ足を踏み出す。

何事も、決して無駄にはならない——。

弥一郎の言葉を強く嚙《か》みしめた。

伊澤家のみなと別れた時にも、堺屋へ来てからも、そう思っていたはずなのに。

良太との出会いだって、別れだって、絶対に無駄にしてはならないのに。

自分で決めた道の上に立っていながら、こんなにもぐらつく自分が情けない。

心の弱さが、改めて浮き彫りになった。

強くならねば。

よろけずに、しっかりと自分の足で立ち、歩いていくために、もっと強くならねばならぬ。

かつての弾正の想い人、るいの姿が頭に浮かんだ。

――誇らしいねえ――。

三十二年ぶりの弾正との再会に、るいは断言していた。

――やっぱり、あたしは間違っちゃいなかった――。

自ら決めた別れに、涙した日々も多くあっただろう。だが、それでも、るいは立派に生きて、今を悔いていないのだ。

いつか、はなも、るいのように生きられるだろうか。

今すぐは無理でも、長い年月を経たあとに、良太との別離を「悔いていない」と言いきって、笑いながら胸を張り、今を誇ることができるだろうか。

堺屋へ向かって歩きながら、はなは模索した。

弥一郎の言う通り、今できることに懸命に取り組むしかないのだ。

では、はなが今できることは何だろう。堺屋の台所で誠心誠意を尽くして料理を作り、主《あるじ》一家や奉公人たちのもとへ運んでいく仕事はもちろんだが、他に何かできることはないだろうか。

ふと、暖簾《のれん》のかかっていない喜楽屋の戸口が頭の中によみがえった。

おせいの体調がもとに戻れば、きっとすぐにまた暖簾を掲げられる日が訪れる——そう思って、はっとした。

おせいが戻ってからすぐ店を再開するためには、店を綺麗《きれい》に保っておかなければならない。新しく雇われる奉公人も、もちろん、きちんと掃除をするだろうが——。

おせいがいつ戻ってもいいように、自分が掃除をしておきたいという気持ちが湧き上がってきた。

はなが掃除をして、常に綺麗にしておけば、おせいが戻ったその日からでも店を開けることができる——料理の仕込みに専念してもらえる——。

おせいの負担を減らすことができるのではないかと思えば、胸がうずうずして、落ち着かなくなった。

はなは足を速める。

許されるかどうかわからないが、仲太郎に頼み込んでみよう。堺屋の台所仕事を決しておろそかにはしないので、おせいが留守にしている間の喜楽屋の掃除をさせてくださいと、頭を下げてみよう。

その思いを胸に、はなは堺屋まで急いだ。周りの者たちが振り返る勢いで、駆けてゆく。

「お願いします！　おせいさんが帰ってくるまで、喜楽屋の掃除をさせてください！」

両手を畳について深々と頭を下げれば、ご隠居と伸太郎の長い唸《うな》り声が部屋の中に響いた。

「だけど、いつ帰ってこられるかはわからないんだよ」

困りきったようなご隠居の声に顔を上げれば、弱々しい表情で目を伏せていた。

「おせいは『大丈夫』だと言い張っているが――思っているより、長引くかもしれない」

伸太郎が同意する。

「もう無理が利かなくなってくる年だからね。本人がどんなに頑張ろうとしても、やはり衰えには勝てないよ」

伸太郎は、ちらりと横目でご隠居を見た。

「誰かさんを見ていると、本当によくわかる」

ご隠居は、むすっと顔をしかめた。

「わしの話は置いておけ。今は、おせいのことだろう」

伸太郎は肩をすくめて、はなに向き直った。

「おせいさんが帰ってくる見込みが立ってから、掃除をしたらどうだい？」

はなは首を横に振る。

「銀次さんは、おっしゃいました。『料理には、料理人の気が注がれる。だから調理場に入る時は、いつも心を晴らしておけ』と――」

伸太郎が目を見開く。

「あたしも喜楽屋の奉公人として、銀次さんの遺志を守ろうとしてきました。だから、おせいさんが留守の間も、喜楽屋の『気』を滞らせたくないんです。調理場を――店を、いつでも綺麗にしておきたいだなんて、今は奉公人でもないあたしが言うのはおこがましいかもしれませんが、でも――」

はなは伸太郎の目をじっと見て訴えた。

「もし喜楽屋のためにできることがあるのなら――おせいさんのためにできることがあるのなら、何でもやりたいんです。やらせてください！」

伸太郎が、ふっと微笑を浮かべた。

「本当に、おせいさんと喜楽屋が好きなんだねえ」

伸太郎は優しく目を細める。

「おせいさんのことは、わたしも心から心配しているんだ。生前の銀次さんとは、喜楽屋で夜通し語り合ったこともある仲だしね」

ご隠居が意外そうな顔で伸太郎を見る。

「そんな話、聞いておったかな」

「言うわけないでしょう。おとっつぁんには内緒の話だったんですから」

ご隠居は「何だと？」と顔をしかめる。伸太郎は楽しそうに笑った。

「酒を酌み交わしながら、将来店をどんなふうにしたいかなんてことを、互いに語り合ったんですよ。話は尽きなくて、酔って小上がりに寝転がりながらも、まだ話を続けていました。気がついたら朝になっていて——おせいさんが、しじみの味噌《みそ》汁《しる》を作ってくれたなあ」

ご隠居は、ふんと鼻を鳴らす。

「わしの悪口も散々出たんだろう」

「ええ、まあ——愚痴もたくさん聞いてもらいましたねえ」

ご隠居はじろりと伸太郎を睨《にら》みつけるが、その表情は柔らかだ。

伸太郎が、はなに向かってうなずいた。

「喜楽屋の掃除に行ってもいいよ。その代わり、うちの仕事も抜かりなくやってもらわないと困る」

「はい！　もちろんです！」

はなは即答した。

「心を込めて、お食事を作らせていただきます」

伸太郎が満足そうに口角を引き上げる。

「おりきさんには、わたしから話しておこう。他の者と違って、はなさんには今のところ台所以外の仕事をさせていないから、特に不都合もないと思うがね」

ご隠居が顎《あご》に手を当て「ふむ」と唸った。

「では、わしは、向こうの大家に話を通しておくとするかな。誰もいないと思っていた店の中で物音がして、裏店《うらだな》の者たちが怖がっては困る。大家に伝えておけば、すぐに裏店の者たちの知るところになるだろう」

はなは二人に向かって頭を下げた。

「ありがとうございます」

はなは身を起こすと、ご隠居に向き直った。

「掃除の件は、おせいさんに内緒にしておいてください」

ご隠居が首をかしげる。

「おせいも喜ぶと思うが――」

はなは首を横に振った。

「よけいな気を遣ってほしくないんです。おせいさんのことだから、喜楽屋の掃除をしているせいで、あたしが堺屋に居づらくなったらどうしようとか、自分のことそっちのけで、またあれこれ考えてしまうと思うんです。もうこれ以上、おせいさんに心配をかけたくはありません」

ご隠居は納得顔になった。

「では、言わずにおこう」

廊下のほうから、みしりと小さな足音がした。

「失礼いたします。ご隠居、そろそろお戻りになりませんと――」

閉じた障子の向こうからかけられた男の声に、ご隠居は目を瞬かせた。

「おう、そうだな。あまり長い間おせいを一人にしておいてはいかんな。無理をして起き上がっておるかもしれん」

はなは黙って小さくうなずくにとどめた。

ご隠居が立ち上がる。

「では、わしは行くとするか」

ご隠居が障子を大きく開けた。廊下に控えている男が、はなの目に入る。

「はなちゃん、これが仁助だ。よく気がつく男でな。冬馬がいなくなっても、何の差し支えもない」

と言いながら、ご隠居の表情は寂しそうだ。

仁助が、はなに向かって一礼した。はなも礼を返す。

誠実で優しそうな男だ。きっと、おせいにも親切にしてくれるだろう。

「おとっつぁん、冬馬に会っていかないんですか」

ご隠居が振り返り、じろりと伸太郎を睨みつけた。

「馬鹿者。わしと話す暇をやるくらいなら、もっと仕事を仕込んでおけ。年末の掛取りも、しっかり味わわせておくんだぞ」

伸太郎は肩をすくめる。

「堺屋では、隠居したら、店のことにはいっさい口を出さない決まりだったんじゃありませんか？」

ご隠居は、むっと眉間《みけん》にしわを寄せた。

「ああ、そうだったな。忘れっぽい耄碌爺《もうろくじじい》は明日根岸へ帰るから、達者で暮らせよ。

はなちゃんも、またな」

手を振って去っていくご隠居の後ろ姿を見送ると、はなは伸太郎の前に居住まいを正した。

「では旦那《だんな》さま、あたしも持ち場へ戻ります」

伸太郎がうなずく。

「おりきさんを呼んでおくれ」

「かしこまりました」

一礼して、はなは退室した。

喜楽屋の再開と、自分の未来を信じて、今できることに懸命に取り組む――。

人生の新たな一歩を踏み出すような心持ちで、はなは台所へ向かって足を動かした。

第四話　花笑み結び

「おせいさんが一日も早く元気になって、喜楽屋を再開できますように」

裏店の一角にある祠《ほこら》の前で、はなは手を合わせた。

江戸の町で数多く祀《まつ》られている稲荷《いなり》のひとつである。

堺屋の店主、仲太郎の許しを得て、はなは喜楽屋の掃除をするため須田町にやってきた。朝食の支度とあと片づけ、勝手口周りや裏通りの掃除、昼食の支度とあと片づけを終えたあと、夕食の支度が始まるまでの間を好きに使ってよいと言われている。

「はなさん、ご苦労だね」

振り向けば、白髪頭の大家が立っていた。裏店の奥——喜楽屋とは反対側の通りに抜けられる木戸の近くに住んでいる。

はなは丁寧に一礼した。

「今日から毎日、喜楽屋の掃除に通わせていただきます」

大家は目《め》尻《じり》を下げて微苦笑を浮かべた。

「根岸のご隠居から聞いているよ。だけど毎日じゃなくてもいいだろうに。わたしも朝晩ちゃんと見回るし、長屋の連中だって気をつけて見ていてくれるよ」

裏店の奥から大きなぶち猫が現れた。のっしのっしと近寄ってきて、大家の足に体をすりつける。

大家は相好を崩して猫を抱き上げた。かなり重そうだ。

「まる、わたしを追いかけてきたのかい。寂しがり屋だねえ、まったく」

そんなことはないと言いたげに、猫はそっぽを向いて、大家の腕の中から飛び下りた。はなの前に座り込むと「何だ、おまえは」とでも言いたげな目で、じっと見上げてくる。

目つきの悪い侠客《きょうかく》にでも絡まれた気分で、はなは少々たじろいだが、やはり相手は猫だ。次第に目尻が下がってくる。

「綺《き》麗《れい》な毛並みですねえ。とても可愛がられているのが、ひと目でよくわかります」

大家はまるの隣にしゃがみ込んで、でれんと目を細めた。

「やっぱり、わかるかい？　毎日きちんと手入れをしているんだよ。散歩から帰ってきたら、熱い湯で濡《ぬ》らした手拭《てぬぐ》いで、しっかり体を拭《ふ》いてやっているんだ。もちろん足の裏もね」

まるを優しく撫《な》でながら、大家は続ける。

「がっちりした体つきで、ちょいといかつい顔をしているけど、れっきとした女の子だからねえ。身だしなみは、いつでも整えておいてやらないと――見目麗しい雄猫に、いつ見初められるかわからないだろう」

まるは「知るか」とでも言っているような顔で毛づくろいを始めた。後ろ足を高く上げ、女の子らしからぬ恰好《かっこう》で股《また》の間をべろべろと舐《な》めている。

大家は愛《いと》しくてたまらないという表情で目を細めた。

「まるは気風《きっぷ》のいい猫でねえ。長屋に入り込んでくる野良猫なんか、すぐに追っ払ってくれるんだ。おかげで干物を盗《と》られずに済んだと、長屋のかみさん連中にも、うんとありがたがられてさ」

大家は誇らしげに、まるの背中を撫でさする。

「今まで喧嘩《けんか》に負けたことはないんだよ。肝が据わっているっていうかさ。やっぱり大家の飼い猫として、しっかり長屋を守っていかなくちゃっていう意地と、根性があるんだろうねえ。女だてらに、たいした猫さ」

もし、こはくが外に出たがる猫だったなら、まると鉢合わせになって、ずたぼろにされていたかもしれないと、はなは思った。

こはくは臆病《おくびょう》で、縄張りである喜楽屋の外にはめったに出たがらなかったから、他の猫と喧嘩したことなどなかったのだ。

賢くて、驚くほど飼いやすい猫だった。こはくでなければ、きっと飯屋の猫は務まらなかっただろう。

まるを見ていると、はなはどうしても、こはくを思い出してしまう。

こはくは今頃どうしているだろうか。根岸の隠居所で、もうくつろげる場所を見つけただろうか。おせいが一緒だし、ご隠居も決して邪険にはしないはずだから、新しい場所にもすぐ慣れると思うが——住まいが変われば、やはり大なり小なりの負担はかかってしまうはずだ。

今すぐ根岸へ行って、様子を確かめてきたくなる衝動を、はなはぐっとこらえた。

目の前の、まるに気持ちを戻す。

「どうして『まる』という名にしたんですか？」

よくぞ聞いてくれましたと言わんばかりの表情で、大家は再び、まるを抱き上げた。

「ほら、背中の模様が丸いだろう」

見ると、確かに、水玉のような黒い模様がいくつかあった。

白い毛も、黒い毛も、つやつやと日の光の下で輝いている。大家が小まめに手入れをしている様子が目に浮かぶようだ。

はなは頬をゆるめる。

「本当だ。可愛いですねえ」

大家が満面の笑みを浮かべて大きくうなずいた。

「この子は野良猫だったから、うちに来るまでは散々、餌や寝床に苦労したはずなんだ。卯太郎《うたろう》さんから引き取った時には、もっと鋭くて、すさんだ目をしていてねえ。『人なんか信じてたまるか。生きるために仕方なく、人が撒《ま》いた餌を食いに行ってたんだ』とでも言っているような顔に見えたよ」

大家は、まるを抱く手に力を込めた。

「だから、わたしが引き取ったことで、残りの人生ならぬ猫生が丸く納まって、幸せになればいいという願いも『まる』という名に込めたのさ」

大家は、まるの頬に自分の頬をすり寄せた。

「今では人を信じてくれるようになって、ごろんと仰向《あおむ》けになって、腹を撫でさせてくれる。夜は、わたしの夜着の中にもぐり込んできて、わたしにくっついて一緒に眠るんだよ」

だが、まるは嫌そうに身をよじって大家の腕から抜け出すと、ふんっと鼻を鳴らして裏店《うらだな》のほうへ戻っていった。名と裏腹に、性格は丸くなさそうな猫である。

それでも大家は嬉《うれ》しそうに笑った。

「照れ屋なんだよ。よその人の前にいる時と、二人でいる時とは、少しばかり態度が違うことも多くてねえ」

まるは振り向きもせずに、ずんずん歩き続けていく。

「丸く納まるといえば――あんたも早く落ち着くといいね」

まるの後ろ姿が見えなくなってから、大家が独り言《ご》つように言った。はなに向かって、気遣わしげな目を向けてくる。

「町の噂を聞いて――ご隠居からも、ちょいと話を聞いたんだけどさ――破談になっちまったんだってね」

はなは唇を引き結んで、うなずいた。

「大変お騒がせいたしまして――」

「我々に謝ることじゃないよ！」

大家が慌てて、はなをさえぎる。

「やっぱり縁だからさ、こればっかりは仕方ないんだ。上手《うま》くいく時は、誰が何と言ったって上手くいくし、駄目な時は、何をどうやっても駄目なんだよ」

はなは口角を引き上げながら目を伏せた。

駄目な時は、何をどうやっても駄目――。

自分が駄目にしてしまったのだという思いが、改めて強く込み上げてくる。

「なあに、若気の至りのひとつやふたつ、誰にだってあるものさ。破談くらいで、くよくよするんじゃないよ」

大家は励ますように、明るい声を出した。

「店賃《たなちん》を払えなくて夜逃げをする者や、借金取りに押しかけられて長屋のみんなに迷惑をかける者もいる。首吊《くびつ》りなんてされちまったら、次の借り手だってなかなか見つからないんだから。そんなのに比べりゃ、あんたの周りへの迷惑なんかどうってことはないよ。根岸のご隠居だって、怒っていやしないんだから。元気をお出し」

「はい――ありがとうございます」

もうひと押し励ましてやろうと言わんばかりに、大家は続ける。

「あんただって、まだまだこれからだよ。もう若くはないといったって、年寄りじゃないんだからさ。ひと花だって、ふた花だって、きっと咲かせられるよ。いい男だって、また現れるさ」

「いいえ」

はなは即座に首を横に振った。

「誰かとどうこうだなんて、もう考えません。しっかり地に足をつけて、懸命に働いて、一人でも立派に生きていけるようにしないと――」

大家は苦笑して、小さなため息をついた。

「まあ、あまり思い詰めなさんな。もっと肩の力を抜けと言っても、今は無理かもしれんがね」

大家は笑いながら、はなの肩をぽんと軽く叩《たた》いた。

「喜楽屋を綺《き》麗《れい》に保ってくれるのは、わたしとしてもありがたい話だ。放っておくと、建物も傷むからね。何かあったら、遠慮なく、すぐに声をかけておくれ。まると一緒に、すっ飛んでくるから」

「ありがとうございます」

「だいたい今くらいの刻限に来るんだろうが、帰る時は一応ひと声かけておくれよ。誰もいないはずのところから物音がして、はなさんかと思っていたら泥棒でした

――なんていうことがあっちゃ困るからね」

「はい、承知いたしました」

大家は照れたような顔で後ろ頭をかいた。

「これを言おうとして声をかけたのに、よけいな話ばかりになっちまったねえ。まるの話から入ると、いつも、あれこれ長話になるんだ。嫌なら、気をつけておくれよ」

あっはっはと声を上げて笑うと、大家は去っていった。その後ろ姿に一礼をして、はなは掃除に取りかかった。

箒《ほうき》を手にして通りに立つと、喜楽屋で働いていた頃に時が戻ったような気がした。

忙《せわ》しなく行き交う人々、物売りの声――険しい顔つきでせかせかと通り過ぎていくお店者《たなもの》は、歳末の掛取り（集金人）か――。

通りに見えるいくつもの門松が時の流れを強く感じさせる。

もうすぐ、江戸で二度目になる年越しだ。

良太を追って江戸へ来てから、一年が過ぎた。

もう一年と言うべきか、まだ一年と言うべきか――生まれ育った村で暮らしていた月日のほうがはるかに長いのに、江戸での日々のほうが色濃く感じる。

はなは目を大きく動かして、通りを広く見渡した。

大きな店の前に対で飾られている門松はとても大きい。二階の屋根まで届く背丈の竹を使っているので、はなが立っているところからも、離れた場所に飾られている門松の上部がよく見えた。束ねた竹の足元には、松が飾られている。

小さな店に飾られている門松はやや小ぶりだが、きちんと対で用意されており、年神を迎えるための支度が整っているようだった。

去年は、喜楽屋でも門松を用意していたのに——。

はなは戸口を振り返った。

大店が飾るような雄大な代物ではなかったが、ここに対で飾っていたのだ。

それが今年はない。

寂しい思いで、はなは肩を落とした。

おせいが体調不良で、急に根岸へ行くことになったのだから、仕方ない。

それもこれも、すべて自分のせいだという思いに囚《とら》われて、はなは箒を握りしめたまま身動きができなくなった。

しばし喜楽屋の戸口の前にたたずむ。

去年、門松を飾ってあった場所をじっと見つめながら、はなは自分に言い聞かせた。

時は戻らない——今できることをやれ——。

はなは再び通りを向いて、辺りに目を走らせた。

塵《ごみ》や小石が落ちていないか確かめながら、道行く人々の様子をそっと窺《うかが》う。

喜楽屋がしばらく休むことを知って、金目の物が残っていないか狙ってくる盗人《ぬすっと》などが万が一にもいたら大変だ。怪しい人物を見かけたら、すぐ大家に報《しら》せなくてはならない。

大きなくしゃみを何度かして、懐に手を入れながら歩く男が目についた。懐紙を取り出すと、歩きながら鼻をかみ、紙を丸めて通りへ捨てた。男は紙に目もくれず、足早に去っていく。

はなは捨てられた紙のもとへ駆け寄った。かろうじて汚れていなさそうな紙の端を持って、喜楽屋の前まで戻る。あとで掃き集めた塵と一緒に捨てておくのだ。

喜楽屋の前を掃き清めながら通りに目をやれば、今度は大荷物を背負った初老の夫婦連れらしき男女が困り顔で立ち止まっていた。横を通り過ぎる男に声をかけたが、相手は急いでいたらしく、無視されてしまった。

しょんぼりと肩を落とす二人の前に、はなは歩み寄った。

「どうかなさいましたか？」

二人は、ほっと安堵《あんど》したような表情になる。

「この近くに筋違橋はありますか？　娘夫婦と待ち合わせをしているんですが――」

はなは笑顔でうなずいた。

「筋違橋なら、すぐそこですよ。この通りを右へ向かって――」

身振り手振りで説明すると、二人は笑顔になって頭を下げた。

「ありがとうございます。本当に助かりました。娘夫婦の家で一緒に年越しをしようと誘われたんですが、江戸は初めてで――素直に迎えにきてもらえばよかったと思っていたところです」

夫の言葉に、妻は大きくうなずいた。

「この人ったら『初めての場所でも大丈夫だ。年寄り扱いするな』って威張ってたんですけどねえ。いざ日本橋まで辿《たど》り着いたら、人の多さに驚いちゃって、何とか神田に入った頃には、もう不安でたまらなくなっちゃったんですよ」

二人が背負っている大荷物は娘夫婦への土産物かと、はなは微笑ましく思った。

「どちらからいらしたんですか？」

「六郷村《ろくごうむら》です」

と言った夫の腕を、妻が小突いた。

「江戸の人に『六郷村』と言ったって、わからないでしょう」

はなは笑顔で小首をかしげる。

「六郷村って、もしかして川崎《かわさき》宿の近くの――六郷の渡しがある辺りですか？」

夫婦は大きくうなずいた。

「そうです！　ご存じでしたか」

「あたしは鎌倉の出身なんですよ。江戸へ来る時に、六郷の渡しを通ってきました」

夫婦は感心したように「へえ」と声を上げた。

妻が、はなの顔をじっと覗《のぞ》き込む。

「鎌倉のご出身でしたか。江戸の人は垢抜《あかぬ》けていて綺麗だなあと思っていたんですよ。箒を持つ姿にも品があるっていうか――」

はなは手と首を大きく横に振った。

「とんでもない。あたしは粗忽《そこつ》者ですよ。百姓の出ですから、品なんてものは――」

と言いながら、もし本当に少しでも品が備わっているのだとしたら、それはやはり伊澤家で行儀作法などを教わったおかげだと思った。日本橋の大店である堺屋に住み込んで、よく躾《しつ》けられた女中たちとともに働いていることもあるのかもしれない。

もう一度頭を下げて筋違橋のほうへ向かっていく二人を見送りながら、はなは再び通りを見渡した。

町の雑踏は以前と変わらないように見えるけれど、やはり違うのだと、改めて痛感する。

行き交う人々はすべて毎日同じではない。通りの景色も朝から夜に向かって、刻々と様子を変えていく。一日たりとも同じ姿をとどめていることはない。

はなを取り巻く状況も、いずれ新しい奉公先が決まれば、また大きく変わっていくのだろう——。

ぎゅっと箒を握りしめ、はなは掃除を続けた。喜楽屋の前を丁寧に掃き清めていく。

やはり、今できることに真摯《しんし》に取り組むしかないのだ。目の前の出来事にしっかり向き合えなければ、きっと、その先の未来もない。

塵や小石が落ちていないか確かめながら、目を左右に大きく動かしていると、通りのあちこちから視線を感じた。

通りすがりに、ちらりと、はなに目を向けてくる者が数名いる。はなを見たあと、店の暖簾《のれん》がかかっていた辺りに顔を向け、首をかしげている者は、きっと喜楽屋がしばらく休むことを知っているのだろう。休みで誰もいないはずなのに、なぜ奉公人が掃除をしているのだ？　とでも思っているような表情だ。じっとり舐《な》めるような好奇の眼差《まなざ》しを向けてくる者は、おそらく、はなの破談を耳にしているのだろう。けっきょく武家に馴染《なじ》めず、おめおめと逃げ帰ってきた女がここにいるぞと、侮蔑《ぶべつ》しているような表情をしている。

はなは毅然《きぜん》と顔を上げた。

誰に何と思われても仕方ない。一番大事な者を傷つけて、裏切って、自分の道を決めたのだ。平静でいられなくても、平静な振りをして、歯を食い縛って前に進まねばならぬ。

こんな時こそ笑えと自分に言い聞かせて、はなは口角を引き上げた。

空を仰げば、日輪が冬の町を温かく照らしている。

この冬を越え、春が再び巡ってくるまで、じっと耐えよ。固いつぼみも、いつか、ほころぶ。花開く時がくるまで、強く生きよと、日差しに励まされているような気分になった。

雨の日も、風の日も、雪の日も、花や木々は文句を言わない。凍えそうな厳しい寒ささえも強く咲き誇る糧として、日輪の光に揺り起こされて芽吹く日を待つのだ。炎天の日だって、ひたすら耐え忍ぶ。

　はなは心を込めて丁寧に通りを掃き続けた。通りの掃除が終わったら、次は店内を拭《ふ》き清める。おせいがすぐに戻ってくると信じて、今できることをやるのだ。喜楽屋のため、おせいのため、そして何よりも自分のために――。もう二度とぐらつかないで立っていられるよう、今できることに気を集めて、しっかりと足元を固めたいと思った。

あっという間に大晦日《おおみそか》となり、町の喧騒《けんそう》はますます増したような気がする。掛取り人らしき男たちが何人も喜楽屋の前を駆け抜けていった。きっと彼らの目には門松も映っていないだろう。

　大晦日の今日には、一年の売掛金をすべて取り立てようと、殺気立っているのだ。仮病を使ったり、長屋の厠《かわや》に隠れたりして逃げ回る者が毎年あとを絶たないというのだから、掛取り人の苦労が思いやられる。

堺屋での昼の仕事が終わり、喜楽屋の前を掃き清めていたはなは通りに目をやって、思わず「あ——」と声を上げた。

旭屋《あさひや》の卯太郎である。

昨年と同じく、売掛金の取り立てに奔走しているのか、険しい表情で眉間《みけん》にしわを寄せている。かなりの急ぎ足だ。

はなの視線に気づいたのか、ふと卯太郎がこちらへ顔を向けた。驚いたように目を丸くして、「あっ」と声が聞こえそうなほど大きく口を開け——しかし立ち止まることなく、足早に通り過ぎていった。

はなが頭を下げたのにも気づいていなかった様子だ。

いや、それとも気づいていて、あえて無視したのか——そんな考えが、はなの頭の中をよぎった。

卯太郎は好人物だ。乾物屋の跡継ぎとして、奉公人たちのことも大事にしている。とても優しい。

だが、はなの振る舞いには心底から腹を立てているのかもしれない。

行方知れずだった良太を一緒に捜してくれて、はなの恋が叶《かな》うよう励ましてくれたからこそ、自ら破談の道を選んだはなを——周りを振り回して傷つけたはなを、許せないのかもしれない。おまえはいったい何をやっているんだと、怒っているのかもしれない。

　はなは口角を引き上げて笑顔を作り、箒《ほうき》を動かし続けた。

店の中の掃除も終え、大家への挨拶《あいさつ》も終えて帰ろうと、通りへ足を踏み出した時、今度は鳩次郎の姿が見えた。

　通りの向こうから睨《にら》みつけるように、はなをじっと見ている。

　やはり、鳩次郎も怒っているのか——。

常連客である鳩次郎は、おせいが倒れて喜楽屋を休まざるを得なくなった原因のすべてが、はなにあると思っているのかもしれない。絵を描く仕事の合間に喜楽屋を訪れて、おせいの料理に舌鼓を打つのが大きな楽しみだったのに——はなのせいで、大事な食事の場を失ったと憤っているのかもしれない。

　走って逃げ出したくなる衝動を、はなはこらえた。

「駒場へ戻ろう」と、はなを喜楽屋まで迎えにきた時の良太の言葉が頭の中によみがえってくる。

　——二人で伊澤家に詫《わ》びねば、筋が通らぬ。今後どのように生きるとしても、ここで誠意を示しておかねば、悔いが残るのではないか。悔いを抱えたまま、この先どうやって生きていくというのだ――。

はなは奥歯を嚙《か》みしめた。

誠意――。

左内にも、誠意を問われた。

ここで逃げてどうするのだと、はなは自分に言い聞かせる。

誰に何と思われても仕方ないと開き直ったつもりでも、今ここで鳩次郎に歩み寄って声をかけるのは怖い。自分たちの親切心を踏みにじった裏切り者めと罵倒《ばとう》されたら、つらいに決まっている。

だが、それでも――自分から謝意を伝えるべきではないかと、はなは思った。鳩次郎に気づかなかったふりをして、このまま堺屋へ帰ったら、悔いが残るのではないか――。

はなは勇気を奮い立たせて、一歩前へ足を踏み出した。

鳩次郎が、ふいっと顔をそらす。

そのまま足早に神田川のほうへ歩いていった。

とっさに追いかけようとしたはなの前をお店者《たなもの》がよぎる。

「おっと、危ねえ」

ぶつかりそうになった。

「姉さん、悪いな。急いでいたもんで――」

「いえ、あたしのほうこそ前をよく見ていなくて、すみません」

互いに詫び合ったあと、鳩次郎のほうへ視線を向ければ、その姿はもうどこにも見えなかった。

年末の町をせかせかと大勢の人々が行き交っている。

はなは唇を引き結んで踵《きびす》を返し、日本橋の方角へ足を踏み出した。

話しかけようと決意した気持ちのまま鳩次郎を追いかけたくもなったが、今は堺屋へ戻らねばならない。次の仕事が待っているのだ。

堺屋へ戻ったら、すぐ台所に入って、おせち料理の支度に取りかからねばならない。正月のための台所仕事は、まだすべて終わっていないのだ。

毎日喜楽屋の掃除に通うことができるのも、あくまで伸太郎の厚意である。快く送り出してくれる他の女中たちに迷惑をかけ、伸太郎の顔を潰《つぶ》すような真似をしては絶対にならないのだと強く思いながら、はなは堺屋へ向かう足を速めた。

大晦日の夜は、あっという間にやってきた。

堺屋の台所は鰹出汁《かつおだし》と醤油《しょうゆ》の香りで満ち溢《あふ》れている。

もうもうと湯気の沸き立つ大鍋《おおなべ》で、おすまが近所の蕎麦屋《そばや》から取り寄せた大量の蕎麦切りを茹《ゆ》で始めた。

おりきが台所を見回す。

「さあ、そろそろ店じまいですからね。お腹を空《す》かせた小僧たちがやってきますよ。用意はいいですか？」

「はい！」

はなたち四人の声がそろった。

おすまが手際よく、茹でた蕎麦をどんぶりに盛っていく。おたけが濃いめの汁を蕎麦にかけていく。おまさとはなは蕎麦の上に具を載せていった。

車海老《くるまえび》、蒲鉾《かまぼこ》、薄焼き卵、椎茸《しいたけ》、小松菜である。

「豪勢な蕎麦ですねえ」

はなが感嘆の息をつけば、おまさが得意げに胸を張った。

「堺屋の年越し蕎麦は、毎年、五目蕎麦なんです。海老の赤と白い蒲鉾で、おめでたい紅白にして――薄焼き卵も贅沢《ぜいたく》にたっぷり載せて――青物も入っているから、彩りが鮮やかでしょう？」

台所の入口に、一人の小僧が立った。おりきに向かって丁寧に辞儀をする。

「先に蕎麦をいただくよう、番頭さんに言われました。お願いいたします」

おりきは心得顔でうなずいた。

「今すぐにお持ちしますからね」

「はい。ありがとうございます」

小僧は嬉《うれ》しそうな顔で、台所から去っていく。今にも躍り出しそうな小走りだった。

はなの顔に笑みが浮かぶ。

「今の小僧さんは、九つか十でしょうか。親元から離れて頑張っている中で、美味《おい》しい食事はやっぱり大きな楽しみなんでしょうねえ」

おりきが、はなの前に立った。

「美味しい物があれば、きっと苦労も乗り越えられる——だから堺屋では代々、奉公人の食事に気を配っているんですよ」

おりきの言葉が、はなの腹にすとんと落ちた。

理屈ではないのだ。

美味しい物があれば、人は頑張ることができる。くじけそうになった時、体の内に美味しいものを取り入れれば、きっと心が元気を取り戻す。

食べ物の力はすごいのだと、はなは改めて思った。

「さあ、蕎麦が伸びないうちに運んでください」

「はい！」

長さ二尺の大きな盆にどんぶりを載せて、はなはおまさとともに、小僧たちのもとへ蕎麦を運んでいった。

具だくさんの蕎麦に、小僧たちが歓声を上げる。

主《あるじ》の伸太郎と、妻のちやこが、温かい目で小僧たちを見守っている。その隣では、伸太郎の三人の子供たちが目を輝かせて蕎麦に見入っていた。

「では食べよう」

「いただきます！」

はなとおまさは台所へ戻った。まだ店の片づけをしている手代たちが、このあと蕎麦を食べるので、その支度をしなくてはならない。

「蕎麦は伸びてしまいますから、今日の夕食だけは、どうしても全員そろってというわけにはいきませんねえ」

はなの言葉に、おまさはしみじみとした面持ちでうなずいた。

「掛取りで外に出ている人たちが戻るのは、毎年夜が更けてからですから、仕方ありませんね。台所もなかなか片づきませんけど、洗うのは箸《はし》とどんぶりだけですので、そんなに大変じゃありませんよ。夜が遅い分、明日の朝は、いつもより少しのんびり寝ていることが許されますしね」

おまさは気遣わしげな目をはなに向けた。

「商家の年越しは初めてでしょう？　疲れませんか？」

はなは力強く胸を叩《たた》いてみせた。

「大丈夫です。一膳飯屋《いちぜんめしや》で働いていた頃は、ぐでんぐでんに酔ったお客さんが一向に帰ってくれなくて、なかなか店を閉められないこともありましたから」

おまさは「まあ」と目を見開いた。

「お酒も出す飯屋ならではの苦労があるんですねえ。それで、けっきょく、そのお客さんはどうしたんですか？」

「お仲間が引き取ってくださいました。いざとなれば、岡っ引きの親分を呼びに走ろうと思っていたんですけど、その必要もなくて――」

たいていは店じまいまで常連客の誰かが残っていたので、女二人で酔っ払いを追い出そうとして、怖い思いをせずに済んだ。

銀次亡きあと、おせい一人で店をやっていた時も、女が切り盛りしている店だと侮った客に揉《も》め事を起こされぬよう、誰かしらがさりげなく守ってくれていたのだろう。

はなの頭に、日中会った鳩次郎の顔が大きく浮かんできた。

じっと睨《にら》みつけるようにはなを見ていた、あの目――。

鳩次郎が怒っているのなら、きっと権蔵や金太も同じように怒っているのだろう。

新たな年になり、また顔を合わせることができたなら、今度こそ声をかけようと、はなは思った。

来年は、悔いのない年にしたい。

「さあ、わたしたちも蕎麦をいただきましょう」

仕事を終えた手代たちと一緒に、台所に入っていた女中たちも食事の席に着いた。ほとんどの奉公人がすでに蕎麦を食べ終えており、あとは掛取りに出ている二人を残すのみである。

「去年より遅いわよねえ」

おすまの言葉に、おたけがうなずく。

「年が明ける前に帰ってこられるのかしら」

おりきが肩をすくめた。

「いつ帰ってきても、すぐに熱い蕎麦を出してあげられるように、早く食べちゃいましょう」

「はい」

手代たちが勢いよく、ずずっと蕎麦をすする音が聞こえる中で、はなも箸を手にした。

まず汁を口に含めば、こくのある醤油の味が舌の上いっぱいに広がる。その奥では、鰹出汁が上品な深い味わいをかもし出していた。

車海老をかじれば、ぷりっとした歯ごたえとともに、海老の濃い甘みが口の中に飛び込んでくる。

魚の旨《うま》みをぎゅっと閉じ込めたような、蒲鉾《かまぼこ》の甘みも美味《うま》い。

ほんのり砂糖が効いた薄焼き卵は、汁の醤油味に絶妙な優しさを足していた。

汁を吸いこんだ椎茸《しいたけ》は、嚙《か》めば嚙むほどに風味を増すようだ。

やわらかな小松菜は、蕎麦の邪魔をせずに、心地よい歯ごたえを残している。

そして本日の主役である蕎麦は、大地の滋養を力いっぱい吸い上げて育った蕎麦の実から作られたような奥深い味をしていた。濃いめの汁や、豪勢な具に、一歩も引けを取っていない。

この蕎麦《そば》に汁だけをかけて食べてもじゅうぶん美味いだろう――。と思った瞬間、はなは喜楽屋の年越し蕎麦を思い出していた。

同じ須田町にある蕎麦屋から蕎麦切りのみを買って、喜楽屋で茹《ゆ》でた、かけ蕎麦である。刻み葱《ねぎ》だけを入れて素朴に味わうのが喜楽屋流だと教わった。

去年の大晦日《おおみそか》には、いつもより早く店じまいをした喜楽屋の小上がりに腰かけて、おせいと二人で年越し蕎麦を食べていた。

――細く長い蕎麦を食べたから、きっと長生きできるわね。それに、年越し蕎麦は運蕎麦ともいって、食べると新年もいい運が向いてくるんですって――はなちゃんも、しっかり蕎麦を食べたから、きっといいことがあるわよ――。

おせいの言葉を思い出しながら、はなは堺屋の年越し蕎麦を最後までしっかりと味わった。

素朴な蕎麦と、豪勢な蕎麦――対極にあるような年越し蕎麦だが、どちらも甲乙つけられぬ美味さだった。

「ただ今戻りました」

掛取りに出ていた二人が帰ってきた。

同時に腰を浮かせた女中たち四人を制して、はなは立ち上がる。

「もう食べ終わっちゃいましたから、あたしが蕎麦の用意をしてきます。みなさんは、ゆっくり召し上がっていてください」

四人のどんぶりには、まだ蕎麦がわずかに残っていた。

申し訳なさそうな表情になる四人に向かって、はなはにっこり笑いかけた。

「二人前だから、そんなに手間じゃありません。あたし一人でも大丈夫ですよ」

四人も笑顔になってうなずき、それぞれのどんぶりを手にして座り直した。

はなは台所へ急ぎ、手早く蕎麦を作る。

寒い中、大変な仕事を済ませてきた二人に、心身が温まる蕎麦を早く持っていってやりたい。

茹でた蕎麦をどんぶりに盛り、温め直した汁をかけて、具を載せる。

車海老《くるまえび》、蒲鉾、薄焼き卵、椎茸、小松菜の五種を蕎麦の上に載せながら、はなは伊澤家で最後の夜に出してもらった五目飯をしみじみと思い出していた。

五目飯の「五目」は、さまざまな物が入り混じっているという意味であり、必ず五種の具を使わねばならぬという決まりはない。

だが、あの時、伊澤家で食べた五目飯も、堺屋の五目蕎麦と同じく、ちょうど五種だった。

「五目の五は、家族の五」だと、由莉は言ってくれた。伊澤家の親子四人に、はなを加えた数である。

もし、あのまま、はなが養女になっていれば、血の繋《つな》がりはなくとも伊澤家は五人家族になっていた。

そして左内は「一度身内となった者は、永遠に身内だ」と言ってくれた。

寛容な心ではなを受け止め、はなの選んだ道に向かって温かく送り出してくれた伊澤家の人々に改めて感謝しながら、はなは二人分の年越し蕎麦を盆の上に載せた。

しんと静まり返った台所に一人でいると、いつまでも物思いにふけってしまいそうだ。早く運んでいかねば、蕎麦が伸びてしまう。

はなは急いで台所を出た。

「お待たせいたしました」

笑顔で蕎麦を運んでいけば、掛取りから帰ってきた二人の顔が嬉《うれ》しそうにゆるんだ。

「はなさん、ありがとう」

「遅くなって悪いね」

いいえと笑いながら首を横に振れば、二人はすぐに箸《はし》を手に取り、蕎麦をすすり始めた。

「ああ、美味い」

「あったまるなぁ」

すでに食べ終え、談笑していた手代たちが、二人の食べる姿を温かい眼差《まなざ》しで見守っている。

　蕎麦をする二人は腹が満たされてきて安堵《あんど》したのか、ほうっと同時に息をついた。

「今年は本当にきつかったなぁ。初日の出が昇っても帰れないんじゃないかと思ったよ」

「おれもだ。何人もの妾《めかけ》に小間物やら何やらを買い与え過ぎた殿さまに門前払いを食わされて――奥方さまが気づいてくださり、お支払いくださらなければ、きっと踏み倒されていた」

　汁をすべて飲み干して、はあっと二人は息をつく。

「これで、やっと年が越せる」

「来年の掛取りは、つつがなく終わるといいな」

「今から言うのはやめろよ。鬼が笑うぜ」

「確か、去年の今頃も同じことを話していたな」

ごぉ～んと、どこから鐘の音が聞こえてきた。

「除夜の鐘だ」

その場にいた手代たちがみな一斉に黙り込む。はなも、おりきたちと並んで耳を澄ました。

ごぉ～ん、ごぉ～んと、続けて鐘は鳴り響く。

百八つあるといわれる煩悩を消滅させる祈願として、寺院でつく梵鐘《ぼんしょう》の音である。

「元日の鐘だ――もう新年なんだな」

手代の誰かが呟《つぶや》いた直後、家族のもとへ行っていた仲太郎が姿を現した。裃《かみしも》姿である。妻のちやこも、仲太郎のあとに続いている。

奉公人たちが一斉に居住まいを正した。場を離れていた奉公人たちも部屋に入ってきて、背筋を伸ばして座る。

仲太郎は一同の前に腰を下ろすと、感慨深げな表情で目を細めた。きりりと表情を引きしめて、重々しい声を出す。

「明けましておめでとう」

「明けましておめでとうございます」

奉公人たちの声がそろった。

「無事に年を越せたのは、みんなのおかげだ。ありがとう。今年もよろしく頼むよ」

「よろしくお願いいたします」

奉公人たちが仲太郎に向かって深々と頭を下げる。

「幼い小僧たちは、ぐっすりと眠っているかな」

仲太郎の言葉に、みな頭を上げた。

「先ほど大部屋を覗《のぞ》いてまいりましたら、みんな一様にあどけない寝顔で、ぴくりとも動かずに眠っておりました」

若い手代が口を開いた。

「みんなと一緒に除夜の鐘を聞きたいと言っていた者もおりましたが、やはり子供です。眠気には勝てなかったようでございます」

仲太郎は、くすりと笑う。

「おまえも何年か前までは、夜通し起きていられなかったのにねえ。本当に、すっかり大人になったものだ。下の者の面倒をよく見てくれているし、お客さまからの覚えもめでたい。この先がますます楽しみだよ」

　若い手代は照れくさそうに後ろ頭をかいた。

　仲太郎は続けて、別の手代を褒める。

「おまえは本当によく勉強しているね。お客さまに、さりげなくお似合いの物を勧められるようになった。お客さまが以前お買い求めくださった品をしっかり覚えていて、その使い勝手なども上手《うま》く聞き出している。そうして、また改めて、お客さまのお好みを深く知ろうとしているんだね」

　はにかんだ笑みを浮かべて、手代は頭を下げた。

　仲太郎は優しく目を細め、また別の手代に顔を向ける。

「おまえは、この間――」

　手代たちに声をかけ終わると、仲太郎は女中たちの前にやってきた。

「みんなのおかげで家の中が上手く回っているよ。食事も、いつも美味《うま》い。本当にありがとう」

　おりきが満面の笑みを浮かべる。

「わたしたちのほうこそ、堺屋で働かせていただき、感謝しております。こんなに居心地のいい奉公先は他にございませんよ」

おすま、おたけ、おまさが居住まいを正して頭を下げた。はなも一緒に頭を下げる。

「みんな、頼りにしているからね。今年もよろしく頼むよ」

顔を上げれば、伸太郎がはなのほうを向いていた。

「次の奉公先が決まるまで、しばらくの間は落ち着かないだろうが、頑張っておくれ。今年は、きっといい年になるよ」

「ありがとうございます」

はなたち女中は空になったどんぶりを台所に下げた。

裃姿の伸太郎が台所に入ってくる。

「では若水を汲《く》んでくるよ」

若水とは、元日の早朝、一番初めに汲む水のことだ。若水を飲めば一年の邪気が払えるといわれており、正月の雑煮などを作るのにも使う。

おりきが伸太郎に手《て》桶《おけ》を差し出した。いかにも真新しい手桶だ。取っ手に輪飾りがつけられている。

伸太郎は大事そうに手桶を持って勝手口から出ていった。おりきが手燭《てしょく》で伸太郎の足元を照らしながらついていく。

はなは首をかしげて、おまさを見た。

「若水は、旦那《だんな》さまがお汲みになるのですか？」

おまさがうなずく。

「一家の主《あるじ》が汲んで、まず神さまにお供えするんです。そのために、旦那さまは裃をおつけになっていらっしゃるんですよ。さっき集まっていた奉公人のみなさんも、旦那さまと一緒に神棚に手を合わせます」

はなは勝手口を見つめた。

井戸に張られた注連縄《しめなわ》は昼間に見た。敷地内に井戸を持つ大店《おおだな》ともなると、正月の支度も大がかりなものだと感嘆していたが、はなが知らなかった儀式は、きっとまだ数多くあるのだろう。

鎌倉の村にいた頃は、正月といえば餅《もち》が食えるという楽しみくらいしか頭になかったし、喜楽屋で過ごした正月も、格式張ったしきたりは特になかった。

伸太郎が手桶を下げて戻ってくる。

杯に若水を汲み、盆の上に載せた。

「さあ、若水をお供えして、今年一年の安寧を祈ろう」

店の神棚の前に一同が並んだ。伸太郎が若水を供えたあと、みなそろって合掌する。

はなは手を合わせながら、きっと美味《おい》しい料理に関わる仕事に就けますようにと祈った。

空高く初日が昇り、いつもであればそろそろ店開けかという時分になって、やっとみながそろった。

若水を供えたあと初日の出を拝みにいった何人かの手代たちは一睡もしていないのか、かなり眠そうな顔をしている。

対して、ひと晩中たっぷり眠っていた幼い小僧たちは元気いっぱいの表情だ。

若水を供えた時にはいなかった子供たちがそろい、通いの番頭が顔を出したところで、改めて神棚の前に全員並んだ。

着流し姿の伸太郎を先頭にして、主家族一同、奉公人一同が並び、神棚に向かって手を合わせる。

「さて、神さまへのご挨拶《あいさつ》を済ませたら、次はいよいよ雑煮だ」

伸太郎の言葉に、幼い小僧たちが目を輝かせた。

みなが食事の場へ向かっている間に、はなたち女中は大急ぎで用意してあった膳《ぜん》を運んだ。

上座に座る仲太郎のもとへ、おりきが屠蘇《とそ》を運んでいく。山椒《さんしょう》、防風《ぼうふう》、肉桂《にっけい》、桔梗《ききょう》、白朮《びゃくじゅつ》、大黄《だいおう》などの薬草を調合して、みりんに浸したものである。

元日の朝に屠蘇を飲めば一年の邪気が払えるといわれており、年少の者から順に飲むという風習があった。

仲太郎は屠蘇を手にして、最年少の小僧のもとへ向かった。膳の上に置かれている猪口《ちょこ》に少量を注いでやる。

「去年はよく頑張ってくれたね。初めて親元を離れて心細かったろうに、泣き言も言わず、立派だったよ。おまえが掃除をしたあとはとても綺麗《きれい》だと、いつも感心しているんだ」

褒められた小僧は気恥ずかしそうに、もじもじと身をひねった。

「さ、お飲み」

勧められるまま猪口に口を寄せた小僧は「うっ」と顔をしかめた。その可愛らしい表情に、居並ぶ一同から小さな笑いが起こる。

仲太郎が小僧の頭を撫《な》でた。

「薬草を使っているから、においがきついだろう。味も、まあ——少し苦いかな」

小僧は半べそをかく。仲太郎は笑った。

「だけど、この屠蘇を飲めば、今年もきっと病に罹《かか》らず、元気でいられるからね。頑張って、お飲み」

小僧は情けない顔をしながらも、果敢に「えいっ」と屠蘇をあおった。

「うえぇ」

思わず洩《も》らした声に、また一同が笑う。

幼い者から順に、仲太郎は屠蘇を注ぎ、惜しみなく褒め言葉をかけていった。昨夜すでに言葉をかけた者には、微笑みながらの短い声かけで、次へ進む。

家族も奉公人も分け隔てなく、年下の者から屠蘇を飲み終わると、仲太郎は自分の席についた。

「さあ、お待ちかねの雑煮だ。たんとお食べ」

「いただきます！」

小僧も手代もみな一斉に箸《はし》を持った。

今日は特別に、祝い箸が用意されている。雑煮を食べる時に使うので、雑煮箸とも呼ばれ、正月から縁起悪く箸が折れたりしないよう、丈夫な柳の枝で少し太めに作られていた。堺屋では白い箸紙に包み、紅白の水引を結んである。

お代わりする者たちの世話をするため、はなたち女中は下座に控えた。

あっという間にぺろりと平らげた小僧が遠慮がちに、はなを見る。

はなは笑顔で歩み寄った。

「お代わりですか？」

小僧は恥ずかしそうにうなずいて、椀《わん》を差し出してきた。

「お願いいたします」

「すぐにお持ちしますから、少々お待ちくださいね」

隣の小僧がおずおずと、はなを見た。

「はなさん、おいらもお願いいたします」

その隣の小僧も、はなをじっと見る。

「おいらもです」

はなは満面の笑みを浮かべた。

「はい、かしこまりました」

台所へ椀を運び、お代わりをよそう。

堺屋の雑煮に入っているのは、焼いた角餅、里芋、大根、小松菜だ。その上に、ふんわりと花鰹《はながつお》を載せる。

幸せそうに食べる小僧たちの笑顔を思い浮かべながら、はなは微笑んだ。

今年がみんなにとってよい年でありますようにと祈りながら、小僧たちのもとへ雑煮を運んでいく。


雑煮を食べ終えると、小僧たちは元気よく外へ駆け出していった。

伸太郎の長男、章太郎とともに凧揚《たこあ》げをするのだという。凧揚げに興ずるがあまり、人と競い合って喧嘩《けんか》を吹っかける輩《やから》もいるというので、念のため手代が数名ついていった。

「ご自分が買ってもらった凧を、店の小僧さんたちみんなと一緒に楽しむだなんて、章太郎坊っちゃんはお優しいんですねえ」

洗った椀を拭《ふ》きながら、はなは感嘆の息をついた。

おりきは我が子を褒められたような顔で、にっこりと目を細める。

「坊っちゃんは小さい頃から、店の者たちと仲良くしていらっしゃいますよ。やっぱり、みんな同じ物を食べて暮らしていますからねえ」

とはいえ、座る席や着ている物はもちろん違う。章太郎が寺子屋へ通っている間も小僧たちは下働きをしており、日々の過ごし方も異なる。

分けるべきところはきっちりと分け、同じくするところは同じくして、跡継ぎと奉公人たちとの仲をほどよく保っているように見えた。
章太郎が将来店主となった暁には、今の手代や小僧たちがしっかりと支え、章太郎もまた奉公人たちを大事に守っていくのだろう。
そうなるように仲太郎や番頭が導いているのだ。仲太郎に身代を譲る前は、根岸のご隠居こと忠兵衛が導いていたはず――そうやって店は代々引き継がれていくのだ。

はなは喜楽屋を思い浮かべた。

一日も早く、おせいが元気になって、再び店を開けられる日がくることを願う。

はなはおりきの正面に立った。

「堺屋の初売りは明日ですよね？ 今日はみなさん、どんなふうにお過ごしですか？ もし差し支えなければ、お昼ご飯の片づけが終わったあと、また喜楽屋の掃除にいきたいんですけど――」

おりきは目を丸くする。

「今日も掃除にいくつもりなんですか？ だって元日ですよ。箒《ほうき》なんて使ったら、せっかくお越しいただいた年神さまを掃き出すことになってしまうでしょう」

ゆえに元日に掃除をしてはいけないという俗信がある。

「それに、挨拶《あいさつ》回りで忙しいお武家さまと違って、町人はだいたい寝正月を決め込む日ですよ。はなさんも、今日くらいはゆっくりしておいでなさい」

はなは眉尻《まゆじり》を下げる。おりきは苦笑した。

「じっとしていられない性分なら、お嬢さん方の遊び相手になってあげてくださいな。羽根つきに、双六《すごろく》や、かるた――毎年、女中の誰かしらがお相手をしているんですよ」

はなは拝むように両手を合わせた。

「喜楽屋に何の変わりもないか、見てくるだけでいいんです。もし塵《ごみ》が落ちていたら、箒を使わずに、手で拾って捨てますから。新年早々、風で飛ばされた塵が喜楽屋の前に転がっていたら嫌なんです。これまで散々お世話になってきたおせいさんが、もしかしたら明日帰ってこられるかもしれないと思うと、どうしても、今日も喜楽屋を綺麗にしておきたくなって――」

おりきは困ったような顔になる。

「わたしだって、おせいさんの一日も早いご回復を願っていますよ。ご隠居が、実の娘同様に可愛がっておられる方ですからねえ。亡くなった銀次さんには、旦那《だんな》さまも一目置いていらっしゃいましたし――」

おりきは言葉を切って、うなずいた。

「わかりました。お昼ご飯が終わったら、行ってらっしゃい」

「ありがとうございます！　すぐに戻りますので、夕食の支度には絶対に遅れません」

おりきは呆《あき》れ笑いを浮かべた。

「慌てずとも大丈夫ですよ。みんなで用意した、おせち料理があるでしょう。奉公人たちが食べる分も、たっぷりありますからね。三が日の間は、竈《かまど》の神さまにもお休みしていただくため、堺屋でもできるだけ料理を作らないようにするのです。と言っても――」

おりきは小さなため息をつく。

「明日からは年始の挨拶にお見えになるお客さまもいらっしゃいますので、その応対で、わたしたち裏方のほうも少々慌ただしくなります。本当にゆっくりできる正月は、今日くらいのものですよ。休むべき時は休んで、あまり無理をしないでくださいね」

「はい」

明日は喜楽屋の掃除に行けないかもしれないと思いながら、はなは深々と頭を下げて、仕事に戻った。

おりきが言った通り、翌日の正月二日は朝から慌ただしかった。

初売りに向けて、朝食の場に集まった奉公人たちの顔つきも引きしまっており、ぴりりとした気配が室内に漂っていた。

焼いた塩引きの鮭と豆腐の味噌汁《みそしる》で白飯をかっ込み、香の物まで平らげると、奉公人たちはみな競い合うように店へ向かっていった。

「ものすごい勢いですねえ」

最後の小僧が部屋から出ていく後ろ姿を見送りながら、はなは思わず声を上げた。

「今に大勢のお客さまが店へ押し寄せますからね」

すっかり慣れているおりきが口角を引き上げる。

「新年に晴れ着を用意できない方たちも、何かしら新しい品を身につけたくて、小間物を見にくるんですよ」

真新しい晴れ着など、金持ちしか用意できない。長屋暮らしの庶民たちにとっては、堺屋で売る小物も高嶺《たかね》の花かもしれないが、奮発して初売りの品を買いにくる者もきっと大勢いるのだろう。

「初売りでは、本年もどうぞご贔屓《ひいき》にというご挨拶代わりに、いつもより安くした品も出しますから、それを目当てにくるお客さまも毎年多いんです」

なるほどと思いながらうなずいていると、先ほどいったん退室した伸太郎が再び入室してきた。着流しから紋付袴《はかま》に着替え、白足袋《たび》を履き、脇差《わきざし》を一本差している。

「店で最初のお客さまをお出迎えしたら、そのまま年始回りにいってくるから、あとを頼むよ」

おりきが居住まいを正して頭を下げる。

「かしこまりました。お気をつけていってらっしゃいませ」

おすま、おたけ、おまさも、おりきの後ろに控えて頭を下げる。はなも三人に倣った。

伸太郎が出かけると、さっそく台所で来客を迎える支度に取りかかる。

客用の上等な重箱に、手分けして、おせち料理を詰めていった。

重詰めにした品は、数の子、田作り、座禅豆、叩《たた》き牛蒡《ごぼう》、なます、煮物である。

数の子は鰊《にしん》の卵巣で、ひと腹に何万もの卵があることから、子孫繁栄の願いを込めて正月の料理に使われる。

田作りは、片口鰯《かたくちいわし》の稚魚を素干しにした物で、ごまめとも呼ばれる。片口鰯の稚魚は田を作る際の肥料としても使われ、稲の豊作に役立った。また、干した小鰯を小《こ》殿原《とのばら》とも呼ぶことから、若い武士たちを指す「小殿原」という言葉にかけて、やはり子孫繁栄を願う食べ物として正月の料理に用いられた。

座禅豆は、黒豆を煮しめた物である。「まめ」という言葉には健康という意味もあるので、豆に「まめ」をかけて、一年の間の無病息災を願って正月に食べる。醤《しょう》油《ゆ》で塩辛く煮た味つけもあるが、堺屋では砂糖を入れて甘くしてある。

叩き牛蒡は、細めの牛蒡の皮をそいで食べやすい大きさに切り、酢水に浸してあくを抜いてから茹《ゆ》で、胡麻《ごま》酢で味をつけた物である。味が染みやすくなるよう、茹でた物を、すりこぎで叩く。牛蒡は根が地中深く伸びていくので、家の根本が堅固となるよう祈りを込めて、おせち料理の一品にも使われた。

なますは、大根と人参《にんじん》を千切りにしてあえた酢の物である。紅白の色が何ともめでたい。

煮物には、蓮根《れんこん》、人参、干し椎茸《しいたけ》、こんにゃく、牛蒡、八つ頭、昆布が使われている。「縁を結ぶ」「実を結ぶ」などの意味を込めて、堺屋では正月の煮物に入れる昆布を「結び昆布」にしていた。

仕込んでおいた屠蘇酒《とそしゅ》も銚子《ちょうし》に移し替える。

奉公人たちが飲んだ屠蘇は子供も飲むため、みりんを使ったが、客用の屠蘇は薬草を酒に浸してある。

酒を飲まない客のためには、福茶を用意する。

福茶とは、黒豆、梅干、山椒《さんしょう》を入れた、縁起物の茶である。仲太郎が汲《く》んだ若水で煮出した。この先一年の間の無病息災や商売繁盛を祈って、正月に飲むのだ。

「すみません、店のほうの座敷へ福茶をいただきたいのですが――」

手代が台所に顔を出した。

「二名さま分、お願いいたします」

「かしこまりました」

はなは客用の湯呑茶碗《ゆのみぢゃわん》に福茶を淹《い》れた。盆に載せて渡すと、手代は一礼して受け取り、福茶をこぼさぬようしずしずと戻っていった。

入れ替わりに、仲太郎の妻ちやこが顔を出す。

「磯屋《いそや》の旦那さまがお見えになりました。居間のほうへお通ししたので、おせちを頼みます。坊っちゃんを連れていらっしゃいましたので、あとでお菓子の用意を――」

おりきが心得顔で、ちやこの前に立つ。

「磯屋のお坊っちゃまには、塩煎餅《しおせんべい》をご用意しております」

ちやこが満足そうな顔でうなずく。

「あの子は、しょっぱい煎餅を喜ぶのよねえ。磯屋のおかみさんは甘い物が大好きだから、砂糖たっぷりの餡《あん》が詰まった大福なんかは家でしょっちゅう出てきて、食べ飽きてしまったみたい」

おりきは微笑みながら、おすまの差し出した盆を受け取った。おせちが詰まった重箱と、屠蘇、福茶が載っている。

「塩煎餅は、のちほどお持ちいたします」

「それがいいわね」

台所を出ていくちやこのあとに、おりきが続いた。

少しして、先ほどとは別の手代が台所に現れる。

「すみません、お客さまにお出しする福茶をひとつお願いします」

「かしこまりました」

と言いながら、おまさが福茶を淹れ始める。

今日は入れ代わり立ち代わり、挨拶《あいさつ》回りの客が途切れないようだ。

喜楽屋の掃除に行けるだろうかと、はなは思った。

「すみません、福茶をもうひとつお願いします」

手代の声に、はなは我に返る。

いけない――今やるべき仕事に気を集めなければ――。

「ただ今ご用意いたします！」

はなは明るい声を上げて、気持ちを切り替えた。

今年もみなさまが幸せでありますようにと祈りながら、心を込めて丁寧に福茶を淹れる。


正月三日になると、挨拶回りの客は減ってきた。

店先に集まる買い物客はまだ多いようだが、台所の忙《せわ》しなさは昨日の比ではない。

昼食を食べ終え、少しだけ出かけてもよいか許しを請うと、おりきは目を丸くした。

「今日も喜楽屋の掃除にいくのですか!?　昨日だって、わずかな休憩の間に喜楽屋まで走ったのに――」

おすま、おたけ、おまさの三人も、驚いたような表情ではなを見ている。

おりきが心配そうに眉根《まゆね》を寄せた。

「三が日の間の一日くらい、掃除をしなくたって罰は当たらないと思いますよ。昨日は堺屋の台所もばたばたしていたので、はなさんも疲れたでしょう」

　はなは首を横に振った。

「大丈夫です。元気だけが取り柄ですから。それに昨日も一昨日も、あちらの大家さんにご挨拶をして、目についた通りの塵《ごみ》を拾っただけなんです。たいしたことは何もしていません」

　はなにとっては今日が、仕事始めならぬ、喜楽屋の掃除始めという気分だ。

　おりきは思案するように小首をかしげた。

「願かけなのですか？」

　はなは目を瞬かせる。

「まるで、お百度参りのようじゃありませんか」

　百度参りとは、寺社に祈願することであるが、境内の一定の間を百度往復しなければならない決まりがある。往復するたびに、本堂の前などで礼拝と祈願をくり返すのだ。

　おりきに言われ、確かに似ているかもしれないと思ったが、はなは口角を引き上げて首を横に振った。

「百度も掃除に通う前に、きっと、おせいさんは帰ってくると信じています。あたしは、ただ、おせいさんが帰ってきてすぐに店が開けられるようにしておきたいんです。よけいなお世話かもしれないとは思いますが——あたしにできることがあれば、何でもしておきたくて——」

おりきは励ますような笑みを浮かべた。

「おせいさん、喜んでいらっしゃると思いますよ」

はなは笑った。

「あたしが掃除に通っていることは、おせいさんに内緒なんです。もうすぐ新しい奉公人も決まるでしょうし——」

おせいが戻る日には、はなも喜楽屋の掃除をやめる。もし新しい奉公人が店の再開を前に掃除にくると、ご隠居から報《しら》せが入れば、その瞬間から出入りはしない。その時を今か今かと待ちわびながら、その時がきたらたまらなく寂しいのだろうと、はなは思った。

だが、おせいが元気になるのなら、とても嬉《うれ》しい寂しさだ。

おりきが、はなの肩をぽんと叩《たた》く。

「わかりました。悔いを残さないよう、行ってらっしゃい」

「はい！」

勝手口から温かく送り出されて、はなは喜楽屋までの道を駆けた。

喜楽屋の前を掃き清めていると、ふと視線を感じた。

顔を上げれば、権蔵、鳩次郎、金太の三人が、通りの向こうからじっとこちらを見ている。三人とも物言いたげな表情だ。

はなは昨年末、鳩次郎に声をかけられなかった時のことを思い返した。

今日こそは――。

箒《ほうき》の柄を握りしめ、はなは三人に歩み寄る。三人の眼差《まなざ》しが、はなに集まった。

「あの――」

声が震えそうになって、はなはごくりと唾《つば》を飲んだ。

ひるむなと自分に言い聞かせて、もう一歩前へ出る。

「このたびは申し訳ございませんでした。みなさんに温かく送り出していただいたのに、ひと月も経たないうちに舞い戻ってきてしまって――」

「ちょいと待ちなよ、はなちゃん」

深く頭を下げれば、鳩次郎が慌てたような声を出した。

「そんな真似はやめておくれ。早く顔をお上げったら」

「そうだぜ、はなさん。おいらたちに詫《わ》びる必要なんかねえだろう」

金太の困ったような声も聞こえた。

「おいらたちは、はなさんのそんな姿を見たくなかったから、今まで来られなかったんだ」

顔を上げると、金太がすねたように唇を尖《とが》らせていた。

「はなさんは絶対みんなに申し訳なく思っているから、今は黙って見守ろうって決めたのに、馬鹿な鳩野郎が勝手に様子を見にきちまったからさぁ。おいらも、はなさんの顔を見にきたくなっちまったんだ」

権蔵が腕組みをして唸《うな》る。

「おれは、もう少し、はなちゃんの気持ちが落ち着くのを待てと言ったんだぜ。だけど、この二人が突っ走っちまいそうだから、心配でついてきたんだ」

金太が「けっ」と声を上げて、権蔵を睨《にら》む。

「何言ってんだい。『はなちゃんの気持ちが落ち着くのを待て』って言ったのは、丸仙《まるせん》の棟梁《とうりょう》だろう」

鳩次郎も、むくれっ面で権蔵を睨んだ。

「棟梁が『今は、じっと見守る時だ』って言わなきゃ、権蔵さんだって、はなちゃんの様子を見にきていたくせに」

権蔵は「うっ」と声を詰まらせる。

「うるせえ。全部、鳩のすっとこどっこい野郎が悪いんだよ」

鳩次郎は、くわっと目を見開いた。

「何でさ!?」

「一人で抜け駆けしやがったからだろうが！」

金太が鳩次郎に顔を向けて「そうだ、そうだ！」と声を上げる。

鳩次郎は、むっと唇を「へ」の字に曲げた。

「だって仕方ないだろう。あの日、偶然会った卯太郎さんから、はなちゃんが喜楽屋の前を掃除していたなんて聞いちまったんだもの。心配で居ても立ってもいられなくなって、様子を見にきたくなるのは当たり前じゃないか」

権蔵と金太は肩をすくめて「まあな」と同時に呟《つぶや》いた。

はなは鳩次郎の顔をじっと見る。

「年末に、この通りからあたしをじっと見ていた時——怒っていたんじゃないんですか？」

鳩次郎は、きょとんと目を瞬かせた。

「怒っていた？　わたしがかい？」

権蔵と金太が眉間《みけん》にしわを寄せて鳩次郎に詰め寄る。

「てめえ、はなちゃんに何かよけいなことを言ったのか!?」

「はなさんに意地悪をするやつは、おいらが許さねえぜ！」

鳩次郎は首と両手を激しく横に振った。

「わたしは何もしていないよ。ただ、はなちゃんの健気《けなげ》な姿を見つめていただけさ」

鳩次郎はしょぼんと肩を落とす。

「何か声をかけて、優しく慰めてやりたいとは思ったけれど、今は同情されるのもつらいだろうかとか、いろいろ考えちまってさ。けっきょく何も言えないまま、帰っちまった。情けないったら、ありゃしないよ」

鳩次郎は突然はっとした表情になって、はなの顔を覗《のぞ》き込んできた。

「ひょっとして、怒っているように見えたのかい？」

「いえ、あの――」

はなは口ごもった。

「あたしが勝手にそう思っていただけで――」

権蔵が、ぎろりと鳩次郎を睨みつける。

「つまり、怒っているように見えたってわけだな」

鳩次郎は不本意そうに首をかしげた。

「おかしいねえ。切なげな目で、じっと見つめていたと思うんだけど――」

金太が肘《ひじ》で鳩次郎の脇腹を小突いた。

「ふざけるんじゃねえや、この野郎。いったいどんな顔してはなさんを見てたのか、おいらの前でやってみろってんだ」

「あの――」

はなは三人の間に割って入った。

「あたし、本当に、みなさんには申し訳ないと思っているんです。鎌倉の村から良太さんを追いかけてきて、良太さんと絶対一緒になるんだと思って駒場へ行ったのに――けっきょく、自分の居場所は武家じゃないと言って、みんなを振り回して、おめおめと戻ってきてしまいました」

三人は微苦笑を浮かべて、はなを見下ろす。

「それは仕方ねえぜ。自分の生きる道だからよ」

権蔵は空を仰いで目を細めた。

「納得いかなきゃ、引き返すのもありだと思うぜ」

金太が大きくうなずく。

「おいら、今じゃ、ほとんどの江戸の川を知っているけどさ。船頭を始めた頃は、もちろん初めて進む水路もあった。その場へ行って、漕《こ》いでみなきゃ、水の深さも吹く風の強さも、何もわからないもんだぜ」

鳩次郎がしみじみとした目で喜楽屋の戸口を見つめた。

「離れてみてから身に染みる、大事なこともあるのさ」

鳩次郎は、はなに目を戻した。

「わたしたちも、はなちゃんのいる喜楽屋が当たり前になっていたんだと、改めて気づいたよ」

三人は真正面から、はなに向かい合う。

「もう一度、喜楽屋に戻ることはできないんだろうか」

鳩次郎の言葉に、はなは口角を引き上げた。

「そんなこと許されません」

金太が、はなに詰め寄る。

「いったい誰が許さないっていうんだい!? 文句を言うやつは、このおいらが――」

「やめろ」

権蔵が、金太の肩をつかんだ。

「はなちゃんを困らせるんじゃねえよ」

金太は悲しそうに口をつぐむ。

はなは笑って三人の顔を見た。

「ありがとうございます。みなさんのお気持ちは、本当にとても嬉《うれ》しいです」

潤む目で、はなは笑みを深めた。

「あたし、頑張りますから。いつか絶対、美味《おい》しい料理を出す店で働きますから。次の店が決まったら、そっちにも食べにきてくださいね」

三人は唇を引き結んで何度もうなずいた。

帰っていく三人の後ろ姿を見送りながら、はなは胸の前で両手を握り合わせる。

神さまから大きな年玉をもらった気分だった。

堺屋へ戻ると、おりきが複雑そうな表情ではなの前に立った。

「はなさんの留守中、ご隠居と一緒に、おせいさんがいらしてたんですよ。もう帰ってしまいましたけど――」

はなは勝手口の前で立ちつくす。

おりきは困ったような表情で頬に手を当てた。

「今日ご隠居がいらっしゃるとは、わたしも聞いていなくて――突然お立ち寄りになられたようです」

「そうですか……」

ひと目おせいに会いたかったという気持ちが胸いっぱいに広がる。

だが、仕方ない――。

そう思いながらも、はなは落ち込んでしまう気持ちを止めることができずに、うつむいた。

「おせいさん、お元気そうでしたよ。おせち料理を召し上がっていかれました」

おりきの言葉に、はなは顔を上げる。おりきは優しく微笑んだ。

「はなさんの手も加わっている料理ですもの、美味しく感じていただけたと思いますよ」

はなは口角を引き上げた。

会えなかったことは残念だが、おせいが外出できる体調にまで回復したのであれば、実に喜ばしい。喜楽屋を再開する日も、きっと近いだろう。

欲張ってはいけない。はなは今、堺屋の台所で働きながら、喜楽屋の掃除に通えているのだ。それだけで、じゅうぶんではないか。

はなは目を閉じて、喜楽屋の暖簾《のれん》がひるがえる様を思い浮かべた。

神田須田町に、喜楽屋がある――。

それだけで、はなは満足なのだ。

夢中で働いていると、あっという間に時が過ぎていく。

正月七日の朝に七草粥《ななくさがゆ》を作ったら、もう松の内明けだ。門松などが片づけられて、正月気分も町から消えていく。

「はなさん、ちょっといいかい」

これから昼食の支度だという時になって、伸太郎が台所に顔を出した。

「今すぐ喜楽屋へ行っておくれ。おせいさんが待っているから」

はなは思わず「えっ」と声を上げた。

「おせいさんが帰ってきたんですか!?」

伸太郎は微笑んだ。

「台所の仕事はいいから、早く行きなさい」

おりきの顔を見れば、にこやかにうなずかれた。おすま、おたけ、おまさの三人も、そろってうなずいている。

おせいが回復して、喜楽屋に帰ってきた――待ちわびていた日が、いよいよ訪れたのだ。ふわふわした夢見心地になりながら、はなは須田町まで急いだ。

おせいの元気な顔を見ることができる喜びで、胸の中はいっぱいだった。

店の暖簾はまだかかっていない。

勝手口に回ろうかと思いながらも、戸の前に立ってみると、醤油《しょうゆ》や出汁《だし》のにおいが漂ってきた。

戸に手をかけて、力を入れてみると、するりとなめらかに動いた。

大きく戸を引き開ければ、小上がりの前に、おせいがこはくを抱いて立っている。

竈《かまど》には火が入っていた。

感慨無量が押し寄せて、はなは何も言えなくなる。

涙が溢《あふ》れ出そうになった。

おせいが微笑む。

はなは涙をこらえながら、おせいとこはくに歩み寄った

「お帰りなさい」

おせいが笑みを深める。

「こんなに長く店を休んだのは初めてだわ」

こはくを抱いたまま、おせいは店内をぐるりと見回した。

壁の一点を見つめて、懐かしむように目を細める。

「あの傷は、酔っぱらったお客さん同士が喧嘩《けんか》になって、壁に皿を叩《たた》きつけられた時についてしまったの」

目を凝らさねばわからないほどの小さな傷だ。真新しい建物ではないからと、はなは気に留めていなかったが、客の喧嘩によってつけられた傷だったとは知らなかった。

「まだ銀次が元気だった頃の話よ。あの時は銀次も若かったから、店の中で暴れられて、かあっと頭に血が上っちゃってねえ。調理場を飛び出して、お客さんたちをなだめることもなく、店の外に放り出しちゃったの」

おせいは両手を小さく突き出して、軽く殴るような仕草をした。

「銀次さん、喧嘩が強かったんですか？」

思わず問えば、おせいは笑いながらうなずいた。

「昔は相当やんちゃだったのよ。『あんなやつ、やめておけ』って、何度も周りに言われたわ」

おせいは小上がりに腰かけると、自分の隣の床をぽんぽんと叩いた。ここに座れと促すように、こはくもしっぽを左右に揺らす。

はなは、おせいの隣に腰かけた。

こはくが、はなの膝《ひざ》の上に移ってくる。ずしりと感じる久しぶりの重みに、はなの胸が熱くなった。背中を撫《な》でれば、首を伸ばしてぺろぺろと手を舐《な》めてくる。

「銀次が料理人を目指したのは、喧嘩に明け暮れていた、ある日のことでね。たまたま入った、小さな飯屋がきっかけだったんですって」

こはくの背中に手を置いて、はなは話に聞き入った。

「夜遅くまで開いていたその店は、腰の曲がったお爺《じい》さんが一人で切り盛りしていてね。品数も、酒と、田楽——それに風呂《ふろ》吹き大根と、茶漬けくらいだったそうよ。だけど『何の期待もしないで食べてみた風呂吹き大根が、とんでもなく美味《うま》かった』って言っていたわ」

ほっくりやわらかく煮えた大根の甘みと、出汁の効いた醤油の優しさが体中に広がって、銀次は震えたという。

こんにゃくや豆腐への火の入れ具合、田楽味噌《みそ》の味わい——茶漬けに使われている出汁の奥深さ、具と飯の嚙《か》み心地——。

　そのすべてに、銀次は魂を揺さぶられた。

「食べ物に、あんなに心が動かされた経験は、生まれて初めてだったと言っていたわ。それを素直にご店主に伝えたら、『いったい今まで何を食べて暮らしてきたんだ』って、真顔で言われたそうよ」

　老店主は、銀次に語った。

　——食の扱い方を見れば、人の扱い方がわかるってもんだ。食を大事にしていないやつは、人も大事にしていねえんだ——。

　その言葉に銀次は、がつんと頭を殴られたような気がしたらしい。

　貧乏な育ちだった銀次は確かに質素な物しか食べてこなかったが、問題は単にそこではなく、親の愛情のかけ方だと、はっきり指差された気がしたのだという。

「銀次の父親は、しょっちゅう酔っぱらっていてねえ。母親は、暮らしを支えるために料理屋の女中をしていて、店のお客だった男の人と駆け落ちしてしまったの。その時、銀次はまだ小さかったから、どうにもできなかったそうよ。父親は、母親を捜すこともなく、賭場《とば》に入り浸りで——だから銀次は、同じ長屋のおかみさんたちに分けてもらった菜で、一人ぽつんと食事をしていたんですって」

そんな育ちだったから、老店主の言葉は銀次の胸に突き刺さったのだという。親から大事にされなかった自分──やさぐれて、人を大事にしてこなかった自分──さまざまな思いが、銀次の中を駆け巡ったそうだ。

「いったい今まで何を食べてきたのか」という問いは、「いったい今までどう生きてきたのか」という問いに聞こえたという。

「本所《ほんじょ》にあったその店に食べにいくようになって、銀次は『このままじゃいけない』と強く思うようになったの」

老店主の味に圧倒されたその店で、銀次は料理の基本を学んだという。

「最初は『弟子なんか取らねえ』って断られてね。だけど銀次は何度も、何度も──毎日通い詰めて、拝み倒して、ついに調理場へ入ることを許してもらえたの。大根の皮むきから、厳しく教えられたと聞いたわ」

さびれた店の主《あるじ》だと思っていた男は、かつて名のある料亭で板長を務めていた料理人だった。連れ添っていた女房が病に倒れ、看病をするために料亭を辞め、本所に小さな店を開いたのだ。

──いいか銀次、食を大事にすることは、人を大事にすることだ。人の口に入る食べ物を、決して粗末に扱っちゃならねえ――。

老店主は事あるごとに、そう語っていたという。

人を大事にしたいと思うようになっていた銀次は老師の教えをしっかりと守り、心から食を大事に扱うようになった。

そして自らに言い聞かせるようになったのだ。

――料理には、料理人の気が注がれる。だから調理場に入る時は、いつも心を晴らしておけ――。

いつか店を持ちたいと夢見るようになった銀次は、幼い頃の自分を振り返り、人々が楽しく食事できる場所を作りたいと思った。人々に喜んでもらえる料理を作りたいと思った。

「いつか自分たちに子供ができたら、心を込めた食事を毎日きちんと作って食べさせようって、銀次と二人で話していたのよ。自分たちの子供が、店のお客さんたちにうんと可愛がってもらっている姿まで思い浮かべたりしてねえ」

おせいは悲しそうに、帯の上からぽんと軽く腹を叩いた。

「だけど――子供はできなかったの」

こはくが前足をおせいに向かって伸ばす。まるで「気にするな」と慰めているかのように。おせいは微笑みながら、こはくの前足を握りしめた。

「子供の代わりに、店を大事にしようって、銀次と決めたの」

おせいは立ち上がり、改めて店内をぐるりと見回した。

「この店を開く時も、いろいろあったわ。お金の工面も、もちろん大変だったけど——銀次の昔を知る人たちからは『あんなやつの店なんか長続きするはずがない』とか『失敗するのが目に見えているんだから、最初からやめておけ』とか、散々言われちゃってねえ」

おせいは笑って、はなを見た。

「だけど銀次は絶対にあきらめなかった。誰に何と言われても、自分が決めた道を歩み続けるんだって、そう言って歯を食い縛ってたわ」

おせいは、ふっと表情を引きしめる。

「長年真面目に続けていると、周りの見る目も変わってきたの。店が儲《もう》かるようになってくると、さらに変わった。善くも悪くも、世間の評判は変わるんだって、つくづく思ったわ」

おせいは強い眼差《まなざ》しで、はなを見つめ続ける。

「はなちゃんの評判だって、この先もっと変わっていく——自分次第よ。だから、あきらめないでちょうだい」

はなは真摯《しんし》な心でうなずいた。おせいが満足そうに目を細める。

「何事も、あきらめずにいれば、きっと道は開けるわ」

はなの頭の中に、ふと良太の顔が浮かんだ。

良太への想いに、まだまだ胸が痛むことは多いけれど、はなにとっては必要な恋だったのだと思う。良太との未来を追い求めた中で、はなは自分の生き方を決めることができたのだ。良太との幸せを本気でつかみ取ろうとして全力で挑まなければ、きっと自分の本当の気持ちにも気づけなかった。

それに、良太と出会って、想い想われる幸せを知った。

さまざまな人々との出会いもあった。

実らせることができなかった恋ではあるが、得られたものはとても大きかったのだ。

「あと先考えずに突っ走って、いろんな人にたくさん迷惑をかけちゃいましたけど――やっぱり何事も、とことんやらなきゃ駄目なんじゃないかと思います。やって、やって、やりつくさなきゃ、悔いが残ってしまうから――」

はなは、こはくの背中の上で拳《こぶし》を握り固めた。

「開き直りになっちゃうかもしれませんけど、これからも、あたしは我武者羅《がむしゃら》に進み続けたいと思います」

「いいんじゃないの」

はなの前に、おせいがしゃがみ込んだ。こはくの背中の上で、はなの手をぎゅっと握りしめる。

「そんなはなちゃん、わたしは好きよ」

はなは笑った。百万の味方を得た思いだ。

おせいもにっこり笑う。

「美味《おい》しい料理で人を笑顔にしたいという思いは、あれから変わっていない？」

「はい」

はなは即答した。

「お客さんたちが喜んで、楽しく食事できる場所を築き上げたいと思います」

はなの手を握るおせいの手に力がこもった。

「それなら、この喜楽屋を継いで欲しいの」

「えっ——」

はなは言葉を失った。おせいが何を言っているのか、一瞬わからなかった。

しばし黙り込んでいると、がらりと表戸が外から引き開けられた。顔を出したのは、根岸のご隠居である。

ご隠居はまっすぐ小上がりへ向かってきた。供の仁助は床几《しょうぎ》の前に控えている。はなは膝《ひざ》からこはくを下ろして立ち上がり、場を開けた。入れ替わりに、ご隠居が小上がりに腰かける。こはくは、ご隠居の隣に座り直した。

ご隠居はこはくを撫《な》でながら、おせいを見上げる。

「話は終わったかね？」

おせいが苦笑した。

「はなちゃんの返事を待っているところです」

ご隠居は目を細めて、はなを見上げた。

「これ以上はない話だと思うがね。八兵衛や政五郎《まさごろう》たちにも声をかけてある。新しい料理人も見つかった。明日から、すぐに店を開けられるぞ」

はなは啞然《あぜん》と目を見開いて、おせいを見た。

「喜楽屋を継いで欲しいって――何年か後に、おせいさんが隠居したあとの話じゃないんですか⁉　こんな急に――」

おせいは静かに微笑んで、はなを見つめ返している。

「どうやって喜楽屋を残していこうか、以前から少しずつ考えていたのよ。はなちゃんの人柄は、一緒に暮らした一年ちょっとの間にじゅうぶんわかったし、わたしがいない間も毎日、掃除に通ってくれて――」

おせいの目に涙が浮かぶ。

「はなちゃんなら絶対に、喜楽屋を大事に守り継いでくれる。この店を託すなら、はなちゃんがいい――わたしは、そう思っているの」

「おせいさん……」

はなは溢《あふ》れる涙を止めることができなかった。

本当に、あたしでいいんですか――。

そう問おうとした言葉は、涙に押されるようにして、喉《のど》の奥に引っ込んでいく。

「あたし――あたし――」

心のままに、はなは声を上げた。

「喜楽屋をやりたいです」

にじむ涙の向こうで、おせいが満面の笑みを浮かべた。

「この店と、こはくをお願いね。こはくは根岸より、こっちのほうがいいみたい」

流れる涙をそのままに、はなは大きくうなずいた。

「おせいさんは――？」

「わたしは根岸で、隣近所のお年寄りたちのために料理を作りながら、のんびり暮らすわ。今まで、ちょっと頑張り過ぎちゃったから――」

おせいは調理場に入ると、湯気の立ち昇る器をよっつ盆の上に載せて運んできた。

「わたしが作る、喜楽屋での最後の品です」

器の中に入っているのは風呂吹《ふろふ》き大根だ。

はなの目から新たな涙が溢れ出た。

おせいは笑う。

「冷めないうちに食べてちょうだい」

床几の仁助に風呂吹き大根を運ぶと、おせいは小上がりへ腰を下ろした。

「いただきます」

はなと、おせいと、ご隠居と、車座になって風呂吹き大根を嚙《か》みしめる。

ひと口食べれば、大根の甘みとおせいの愛情が全身を駆け巡った。

この味を、あたしは確かに教わった――。

おせいの味を引き継ぐために駒場行きがあったのではないかとさえ一瞬思えた。

駒場でも作ることができたのだ。

喜楽屋でも、しっかりと作り続けていく――。

器に残った最後の汁一滴まで丁寧に味わって、はなは目を閉じた。

よく晴れた朝の光が明り取りの窓から喜楽屋に差し込んでいる。

はなは調理場で結び昆布を作っていた。

もうすぐ店開け――喜んで、楽しく食事ができる場所にふさわしい料理を作りたいと、煮物に結び昆布を入れることにしたのだ。

夜に昆布を買ったり食べたりする「夜昆布」は、語呂《ごろ》合《あ》わせで「喜ぶ」に通じるため、縁起がよいといわれている。

昨夜わざわざ卯太郎が届けてくれた「夜昆布」を、堺屋のおせち料理にも入っていた「結び昆布」にして、改めてお客との良縁を結ぶことができるよう願をかけたのだ。

もちろん、おせい直伝の風呂吹き大根もたっぷり仕込んである。

はなは昆布を結ぶ手を止めて、小さく息をついた。

新しく生まれ変わった喜楽屋の女将《おかみ》として、町の人々は、はなを認めてくれるだろうか――。

はなは両手でぱしんと両頬を打った。

弱気になるな。自分次第だと、おせいも言っていたではないか――。

それに、調理場に入る時は、いつも心を晴らしておかねばならぬのだ。喜楽屋の女将となった身であれば、よりいっそう厳しく心がけておかねばならない。

「ごめんください」

戸の外から声が上がった。

はなは手を拭《ふ》いて、調理場を出る。

おせいとご隠居が手配りをした、新しい料理人が来たのだろう。

「はい、どうぞ。開いていますよ」

声をかけながら土間を進めば、がらりと大きく外から戸が引き開けられた。

はなは息を呑《の》む。

立ち止まった足が、がくがくと震えそうになった。

「今日から世話になる料理人です」

そう言って、にやりと口角を引き上げたのは良太だった。町人姿で、今からすぐにでも働くと言わんばかりに、たすきを結んでいる。

「嘘――何で――」

はなの頭が真っ白になった。

町人姿ということは、隠密《おんみつ》の任に就いている最中か――いや、しかし、良太は自分を「料理人」だと言った。

いったい、どういうことだ。

武士では料理人になれない。まさか、武士をやめたのか。だが、それでは結城家はどうなる――跡継ぎは良太しかいないのに――。

「はな」

良太が晴れやかに笑った。

「今度は、おれが追いかける番だ」

信じがたい思いで、はなは立ちすくんだ。

そんなことが許されるのだろうか――。

良太は敷居をまたいで、土間に踏み入ってくる。

一歩、また一歩と近づいてくる良太に、はなの全身が震え出す。

すぐ目の前で立ち止まった良太が、はなに向かって両手を広げた。

もう何も考えられなくなって、はなはその腕の中に飛び込んだ。

(了)

特別短編　「弥一郎の味めぐり」

「もう十日以上か――」

思わず呟《つぶや》いて、岡田弥一郎は立ち止まった。

いつの間にか、神田川に架かる筋違橋の手前まで来ていた。橋を渡れば、すぐに須田町――喜楽屋がある町になる。

このまま進むべきか、引き返すべきか、しばし弥一郎は迷った。

はなと良太が二人並んでいる姿を確かめておきたいという気持ちもあったが、やはり、まだ早計な気がする。複雑な気持ちが表情に出て、幸せな二人を上手く祝福できないかもしれない。

弥一郎は唇を引き結んだ。

我ながら、何と女々しい――。

どうしても足が前へ進まない。

くるりと踵《きびす》を返して、弥一郎は筋違橋に背を向けた。

このまま、まっすぐ北へ向かって、上野《うえの》にでも行ってみようかと思った。

上野池之《いけの》端仲町《はたなかちょう》まで来ると、香ばしく甘い醤油《しょうゆ》のにおいが漂ってきた。

「鰻《うなぎ》か――」

蒲焼《かばやき》を肴《さかな》に、ちびりと酒を舐《な》めるのもいいかもしれない。

たれのにおいに吸い寄せられるように、弥一郎は足を進めた。

暮れかかる空の暗さが心地よい。

道行く者たちは、家路に就いているのか、仕事帰りに寄る飲み屋へと向かっているのか、弥一郎には目もくれずに先を急いでいる。

誰とも目が合わぬ気楽さに、弥一郎は安堵《あんど》の息をついた。

あのまま筋違橋を渡っていたら、小うるさい連中と――喜楽屋の常連客である鳩次郎や金太たちと、ばったり遭遇していたかもしれない。

ここで逢《あ》ったが百年目と言わんばかりに、しつこく喜楽屋へ誘われるのは嫌だ。

「はなちゃんのお目付役として、二人の幸せを確かめにいきましょうよぉ」だなどと誘われたら、断れないではないか。断れば、おのれの狭量さを改めて嚙みしめる羽目になる。

だが、弥一郎の心中を察して同情の目を向けられるのは、もっと嫌だ。いつも能天気に軽口を叩《たた》いている連中に黙りこくられたら、居たたまれなくなるだろう。変に気を遣われて「今日は、とことん飲みましょう！」と別の店に誘われるのも勘弁だ。

引き返して上野まで足を延ばしたのは正解だったと思いながら、弥一郎は鰻屋を目指した。不忍池《しのばずのいけ》の手前の道で、鰻屋の暖簾《のれん》を見た覚えがあった。

「すみません、誰か――」

不忍池のほうから、女の悲痛な声が聞こえた。

耳を澄ませば「助けてください」と、くり返している。おそらく、まだ若い女だ。

弥一郎は眉根《まゆね》を寄せた。

もう間もなく真っ暗になる時分に、女が助けを求めている――。

面倒事に巻き込まれるやもしれぬと思いながら、弥一郎は小さくため息をついて、通りを渡った。

白髪の老爺《ろうや》が道の端にうずくまっていた。若い女は老爺の隣にしゃがんで、励ますように、その背中に手を当てている。

「お願いします。どなたか、助けてください」

近くを通りかかる者はちらりと二人を見ていくが、誰も足を止めない。

若い女は今にも泣き出しそうな顔でうつむいた。助けを求める声も次第に小さくなっていく。

弥一郎は二人の前に進み出た。

「どうした。目まいでも起こしたか」

はっと顔を上げた女の目には、うっすらと涙が浮かんでいた。

細面の美しい女だ。町女の身なりだが、品のよさがにじみ出ている。武家に仕える女中だろうかと思われた。

「熱があるようなのです」

弥一郎は老爺の前にしゃがみ込んだ。こちらは商家の隠居といったところか。

額に手を当てると、確かに熱かった。咳《せき》は出ていないが、かなりつらそうに目を閉じている。

「頭痛や腹痛はあるか？」

老爺が小さくうなずいた。

「頭が、がんがんと――動けば、ふらふらして――」

弥一郎は女に目を移した。

「持病はあるのか？」

「いえ、特には――」

女は悲しげに眉根を寄せる。

「数日前から風邪を引いておりましたので――」

弥一郎は、ふんと鼻を鳴らした。

「無理に出歩いて、ひどくなったのか」

責めたつもりもなかったが、女は悔しそうに唇を引き結んだ。

「もうほとんど治ったものと思っておりました」

弥一郎は眉をひそめた。

「治り際を甘く見て、ぶり返したのだな」

女は拳《こぶし》を握り固めてうつむいた。

弥一郎は女から顔をそらすと、老爺に向かって手を伸ばした。

「立て。休める場所まで負ぶってやる」

老爺は小刻みに首を横に振った。

「お武家さまに、そんな真似は――駕籠《かご》を呼んでいただけましたら、大変ありがたく――」

「黙れ。早くしろ」

強引に負ぶって、歩き出した。女があとをついてくる。

香ばしいにおいを放っている鰻屋の前を通り過ぎ、弥一郎は西へ向かった。

以前、小石川御薬園の同輩に連れられていった小料理屋が池之端仲町のはずれにある。ひとまず、その店へ連れていって、駕籠を呼んでもらうしかあるまいと思った。

春になったとはいえ、まだ寒さが残っている。夜が深まるにつれて冷え込んでくるだろう。具合の悪い老爺がこのまま池のほとりで過ごしても、快方に向かうはずがない。

それに、暗がりの中で若い女と老爺がぐずぐずしているのは危険だ。女も老爺も気づいてはいなかったが、いかにも柄の悪い連中がちらちらと女を見ていた。うずくまる老爺一人では、とても女を守り切れまい。

残念ながら、二人を助ける親切な者は通りかからなかった。

これが、やつらであったなら——。

弥一郎の頭に、権蔵、鳩次郎、金太の顔が浮かんだ。

老爺を負ぶって歩きながら、弥一郎は顔をしかめる。

やつらに会うのも面倒で、神田を避けたというのに——。

しかし彼らであったなら、何の躊躇《ちゅうちょ》もなく、何の見返りも求めずに、この二人をすぐさま助けたであろうと思った。

「ここだ」

茅《かや》町一丁目に続く曲がり角の手前で、弥一郎は立ち止まった。

「お多《た》福《ふく》」と染め抜かれた暖簾のかかっている店がある。

背中から老爺を下ろして、弥一郎は戸を引き開けた。

「いらっしゃいませ」

愛想のよい声を上げ、年配の女将《おかみ》が振り返る。

「すまぬが、手を貸してもらいたい。病人がおるのだ」

弥一郎の顔と老爺を見比べて、女将はしゃっきりと背筋を伸ばした。

「奥、開けとくれ！」

女将のひと声で、小上がりにいた客たちがさっと場を開けた。

弥一郎は老爺に肩を貸しながら、土間を進む。老爺と女を小上がりへ上げ、自分も草履を脱いだ。

女将が水を運んでくる。

弥一郎は懐から薬包を取り出した。いざという時のため常に持ち歩いている薬だ。自宅の庭で栽培した薬草から作った。

「これを煎《せん》じてやってはくれまいか」

薬のにおいが店内に——特に調理場に漂うのを嫌がるかとも思ったが、女将は躊躇なく薬包を受け取った。

「おまえさん！」

「あいよ」

小上がりの前まで来ていた店主の料理人が、すぐに女将から薬包を受け取る。弥一郎に煎じ方を確かめてから、調理場へ入っていった。

「面倒をかける」

弥一郎の言葉に、女将はからりと笑った。

「困った時は、お互いさまですよ。あたしら町の者だって、養生所のお世話になることもあるんですから。御薬園同心さまのお頼みとあれば、なおさら断るわけにはまいりません」

弥一郎は口角を軽く引き上げた。

「一度来ただけのおれを覚えておったか」

「あの時のお連れさまには、大変ご贔屓《ひいき》をいただいております。あのお方のご友人であれば、またお越しいただける機会もきっとあるかと思いまして――」

商売上手の心得を語るような表情で、女将はにっこり笑った。

あれはただの同輩で、友人などではない――という言葉を、弥一郎は飲み込んだ。今は友人と思われておいたほうが得策やもしれぬと頭の隅で考える。

店内に漂っている醤油《しょうゆ》や味噌《みそ》のにおいの隙間を縫うように、調理場から薬草のにおいが漂ってきた。

店主が煎じ薬を湯呑茶碗《ゆのみぢゃわん》に入れて運んできた。弥一郎は受け取って、老爺《ろうや》を振り返る。

老爺は小上がりの壁にもたれて苦しそうに目を閉じていた。女が「お爺《じい》さま」と声をかけると、うっすら目を開いた。

「飲め」

弥一郎が差し出した湯呑茶碗を女が受け取る。女は老爺の口元へ湯呑茶碗を寄せた。老爺は両手で湯呑茶碗を握りしめ、しんどそうに煎じ薬を飲み始める。

「帰ったら、念のため医者に診てもらえ」

老爺に薬を飲ませながら、女が「はい」と頭を下げた。

弥一郎は女将に顔を向ける。

「駕籠を呼んでやってくれるか」

「もちろんでございます」

女将は客の一人を振り返る。

「諭吉《ゆきち》さん」

「おうっ、任せとけ！」

呼ばれた中年男が勢いよく店を飛び出していった。

「あの人の弟が駕籠かきなんですよ。すぐに呼んできてくれますから、ご安心ください」

弥一郎はうなずいて、立ち上がった。

「助かった。では、あとを頼む」

草履に足を突っ込んでいると、「あのっ」と背後で大きな声が上がった。

振り向けば、老爺のそばにいた女が真後ろに立っていた。

女は小上がりのふちに居住まいを正すと、床に両手をついて弥一郎を見上げた。

「このたびは祖父を助けていただきまして、誠にありがとうございました。申し遅れましたが、わたくしは下谷町《したやまち》一丁目で泉屋《いずみや》という古道具屋を営んでおります官九《かんく》郎《ろう》の孫娘、時枝《ときえ》と申します。どうか、あなたさまのお名前を教えてくださいませ。後日、改めてお礼を――」

「いらぬ」

弥一郎は時枝をさえぎった。

「礼など無用だ。名乗る必要もない」

踵《きびす》を返して店を出ようとすれば、小走りで戸口の前に回り込まれた。

時枝は強い眼差《まなざ》しで、じっと弥一郎を見上げてくる。

「このままでは、こちらの気が済みませぬ」

弥一郎は眉間《みけん》にしわを寄せて、じろりと時枝を見下ろした。

礼をされたくて助けたわけではないのだ。大仰な真似などされたくない――。

しかし、時枝に退く気配はまったくなかった。弥一郎はため息をつく。

「このままでは見ず知らずの他人に借りを作ったようで、心が落ち着かぬか。後日また改めて丁寧に礼をすれば、悦に入れると思うておるのか」

時枝は心外だと言いたげに大きく目を見開いた。

「そのようなことは――」

「では、おれの名など知らずともよいではないか」

この場から早く離れたくて、冷たく言い放つ。

「おれは忙しい。後日またわずらわされるのは、かえって迷惑だ」

顎《あご》をしゃくって「どけ」と命じたが、時枝は戸の前から動かない。意固地になったように、弥一郎を睨《にら》んでくる。

「なにとぞ、お名前を――」

食い下がってくる時枝に、弥一郎は眉《まゆ》を吊《つ》り上げた。

つい先ほどまで、ただ祖父を案じて、おろおろしているだけだったのに――案外、気が強いのかと感心する。

だが、名乗るつもりは毛頭ない。

弥一郎は時枝の腕をつかんで、乱暴になり過ぎぬよう配慮しながら、引っ張った。時枝の体を戸の前からどけると、弥一郎は素早く外へ出る。

「お武家さま、お待ちください！」

時枝の呼びかけを拒むように、ぴしゃりと引き戸を閉めた。

足早に店の前から離れる。逃げるように、不忍池のほうへ歩いた。

一人静かに、ゆっくり夕飯を食べようと思ったのに――なぜ、こんな事態になってしまったのか――まったく、いまいましい――。

舌打ちをして、あてもなく池のほとりを歩いていると、どこからか醤油の濃いにおいが漂ってきた。

見回せば、不忍池のほとりに立つ屋台の灯《あか》りが見える。蕎麦《そば》の屋台だ。かけ蕎麦でもすすって帰るかと思い、近寄れば、屋台には先客がいた。印半纏《しるしばんてん》の二人連れだ。遠目からでも屈強そうに見える男たちは、大工か左官か。

まさか丸仙の連中ではあるまいな――。

並んで蕎麦をすする気になれなくて、屋台の前を素通りしてしまう。

左へ曲がり、不忍池から離れて、しばらく歩いた。

何をやっておるのだ、おれは――。

情けなさに立ち止まれば、いつの間にか無縁坂《むえんざか》の前まで来ていた。

無縁という名の響きが、何やら暗く感じる。

弥一郎は唇を引き結び、足早に坂の前を通り過ぎた。

茅町二丁目に入ってすぐのところで「浮《う》き島《しま》」と書かれた暖簾《のれん》が目に入った。居酒屋の看板が出ている。

開け放たれた戸の近くから中を覗《のぞ》けば、客は誰もいなかった。

――ということは、不味《まず》いのか？

しかし、中から漂ってくる醤油の香りはたまらなく美味《うま》そうだ。

弥一郎はごくりと唾《つば》を飲んで、ええいままよと敷居をまたいだ。何か一品頼んで、不味ければ、すぐに店を出ればよいのだ。

「いらっしゃいませ」

調理場から若い料理人が出てきた。弥一郎を見て、嬉《うれ》しそうに目を輝かせている。久しぶりの客に喜んでいるのか――つまり、それほど長い間、客が訪れていない店なのかと、弥一郎は怪しんだ。この店に入ったのは失敗だったか――？

だが、入ってしまったものは仕方ない。弥一郎は観念して、戸口近くの床几《しょうぎ》に腰を下ろした。

「ご注文は何になさいますか？」

「何があるのだ」

「こんにゃく田楽と、風呂吹《ふろふ》き大根でしたら、すぐにお出しできます」

問い返せば、若い料理人は即答した。

「他にも、今ある食材で作れる物でしたら、何でもお作りいたします。ご要望がありましたら、おっしゃってみてください」

「ほう？」

弥一郎は目を細めた。

「腕に自信があるようだな」

若い料理人は小首をかしげて照れたように笑う。

「だが、その割には客がいない」

弥一郎の言葉に、若い料理人は肩をすくめた。

「まだ周りの信用がないのでございます。実は、本日が店開けでございまして――」

弥一郎は店内を見回した。

「古い店のようだが、代替わりでもしたのか？」

「へい。伯父《おじ》がやっていた店なんですが、年を取って隠居しましたもので、その跡を継がせてもらいました」

弥一郎の頭に、はなと良太の顔が浮かんだ。

二人が喜楽屋を継いで、もう十日以上が経つ。常連客たちは再び連日通い出し、客足も戻り始めたと聞いた。

はなが引き継いだ風呂吹き大根の味も、良太が作る料理の味も、みなが驚くほど好評だという。

「何事も、決して無駄にはならぬ――か」

以前、弥一郎がはなに言った言葉だ。

「お客さま、何かおっしゃいましたか？」

「いや——酒と風呂吹き大根をもらおう」

「かしこまりました。少々お待ちください」

すぐに運ばれてきた酒をちびりと舐《な》めながら、弥一郎は口角を引き上げた。

喜楽屋は大丈夫だ。良太がしっかりとはなを支え、万事抜かりなくやるだろう。

しかし、かつて隠密《おんみつ》の任に就くため潜り込んでいた先で、料理人として働いていた良太の経験が、こんな形で役立つことになろうとは——。

弥一郎は宙に向かって、一人静かに杯を掲げた。

良太が捨てたものと、得たものは、どちらも大きい。

絶対に悔いはせぬのかと確かめた時の良太の表情は、うらやましいほど晴れやかだった。

弥一郎は風呂吹き大根をひと口噛《か》みしめて、目を見開く。

「む、美味い——」

いつか、近いうちに、はなと良太が営む喜楽屋の風呂吹き大根を食べにいく日が訪れるだろうかと思いながら、弥一郎は目の前の風呂吹き大根を食べ進めた。

本書は書き下ろしです。

はなの味《あじ》ごよみ

花《はな》笑《え》み結《むす》び

高《たか》田《だ》在《あり》子《こ》

令和3年 12月25日　初版発行
令和6年 11月25日　再版発行

発行者●山下直久

発行●株式会社KADOKAWA
〒102-8177　東京都千代田区富士見2-13-3
電話　0570-002-301（ナビダイヤル）

角川文庫 22966

印刷所●株式会社KADOKAWA
製本所●株式会社KADOKAWA

表紙画●和田三造

ISBN 978-4-04-111258-8　C0193

◆◆◆

角川文庫発刊に際して

角川源義

第二次世界大戦の敗北は、軍事力の敗北であった以上に、私たちの若い文化力の敗退であった。私たちの文化が戦争に対して如何に無力であり、単なるあだ花に過ぎなかったかを、私たちは身を以て体験し痛感した。西洋近代文化の摂取にとって、明治以後八十年の歳月は決して短かすぎたとは言えない。にもかかわらず、近代文化の伝統を確立し、自由な批判と柔軟な良識に富む文化層として自らを形成することに私たちは失敗して来た。そしてこれは、各層への文化の普及滲透を任務とする出版人の責任でもあった。

一九四五年以来、私たちは再び振出しに戻り、第一歩から踏み出すことを余儀なくされた。これは大きな不幸ではあるが、反面、これまでの混沌・未熟・歪曲の中にあった我が国の文化に秩序と確たる基礎を齎らすためには絶好の機会でもある。角川書店は、このような祖国の文化的危機にあたり、微力をも顧みず再建の礎石たるべき抱負と決意とをもって出発したが、ここに創立以来の念願を果すべく角川文庫を発刊する。これまで刊行されたあらゆる全集叢書文庫類の長所と短所とを検討し、古今東西の不朽の典籍を、良心的編集のもとに、廉価に、そして書架にふさわしい美本として、多くのひとびとに提供しようとする。しかし私たちは徒らに百科全書的な知識のジレッタントを作ることを目的とせず、あくまで祖国の文化に秩序と再建への道を示し、この文庫を角川書店の栄ある事業として、今後永久に継続発展せしめ、学芸と教養との殿堂として大成せんことを期したい。多くの読書子の愛情ある忠言と支持とによって、この希望と抱負とを完遂せしめられんことを願う。

一九四九年五月三日

角川文庫ベストセラー

はなの味ごよみ　高田在子

鎌倉で畑の手伝いをして暮らす「はな」。器量よしで働きものの彼女の元に、良太と名乗る男が転がり込んできた。なんでも旅で追い剝ぎにあったらしい。だが良太はある日、忽然と姿を消してしまう――。

はなの味ごよみ　願かけ鍋　高田在子

鎌倉から失踪した夫を捜して江戸へやってきたはなは、一膳飯屋の「喜楽屋」で働くことになった。ある日、乾物屋の卯太郎が、店先に幽霊が出るという噂で困っているという相談を持ちかけてきたが――。

はなの味ごよみ　にぎり雛　高田在子

桃の節句の前日、はなの働く一膳飯屋「喜楽屋」に、降りしきる雨のなかやってきた左吉とおゆう。何か思い詰めたような2人は、「卵ふわふわ」を涙ながらに食べた後、礼を言いながら帰ったはずだったが……。

はなの味ごよみ　夢見酒　高田在子

一膳飯屋「喜楽屋」で働くはなのところに、力士の雷衛門が飛び込んできた。相撲部屋で飼っていた猫の「もも」がいなくなったという。「もも」は皆に愛されており、なんとかしてほしいというのだが……。

はなの味ごよみ　七夕そうめん　高田在子

はなの働く一膳飯屋「喜楽屋」に女将・おせいの恩人である根岸のご隠居が訪ねてきた。ご隠居は、友人の隠居宅を改築してくれた大工衆の丸仙を招待し、喜楽屋で労いたいというのだが……感動を呼ぶ時代小説。